o embranquecimento

evandro cruz silva

o embranquecimento

São Paulo
17/2022

PATUÁ
EDITORA

PROAC SP
CULTSP
Secretaria da Cultura, Economia e Indústria Criativas
SP SÃO PAULO GOVERNO DO ESTADO
SÃO PAULO SÃO TODOS

Editor
Eduardo Lacerda

Assistentes Editoriais
Amanda Vital, Gabriel Santana, João Vitor Nascimento
Raquel Alves, Ricardo Escudeiro

Capa, projeto gráfico e diagramação
Roseli Vaz

Revisão
Lohayne Oliveira

Administrativo e Comercial
Pricila Gunutzman

Expedição
Sheila Gomes

Catalogação na publicação
Elaborada por Bibliotecária Janaina Ramos – CRB-8/9166

S586e

Silva, Evandro Cruz

O embranquecimento / Evandro Cruz Silva. – São Paulo: Patuá, 2024.

184 p.; 14 X 21 cm

ISBN 978-65-5864-816-1

1. Romance. 2. Literatura brasileira. I. Silva, Evandro Cruz. II. Título.

CDD 869.93

Índice para catálogo sistemático
I. Romance : Literatura brasileira

Editora Patuá - Livraria Patuscada
Rua Luís Murat, 40
Vila Madalena - São Paulo - SP
(11) 96548-0190
editorapatua@gmail.com
www.editorapatua.com.br

o embranquecimento

evandro cruz silva

"Vejam bem o que fiz: eu fui buscar defesas científicas para o íntimo, o psíquico, para conciliar a pessoa de dentro com a de fora."

(Virgínia Leone Bicudo)

SUMÁRIO

I

1.

Ando em círculos. Vivo numa quitinete alugada, um imóvel de proporções mínimas e piso frio, localizado no segundo andar de uma farmácia da Zona Leste de São Paulo. O quarto e a cozinha estão desarrumados na medida do que considero suportável: uma frigideira com restos de ovos mexidos, um bolo de roupas na cadeira de escritório, três canecas de café em cima da mesa. Da cama, sinto o cheiro do fogão. Quando cozinho com as janelas fechadas, minha vida piora. Em dias chuvosos, seco minhas calcinhas nas maçanetas das portas e armários.

A mesa é feita de madeira compensada, um pouco torta para o lado direito. Um notebook preto demonstra em sua tela um documento de texto com anotações para uma aula que darei daqui algumas horas. Na parede atrás do computador, há um varal com pinturas penduradas por pregadores de madeira: "Engenho de Mandioca", "Mulher", "Feiticeira", "Crioula de Diamantina", "A Descascar Goiabas" e, meu objeto primeiro de fascinação, "A Redenção de Cam". Todas elas compõem um grupo de obras no qual mulheres de pele escura são protagonistas. É possível perceber como o nível de detalhamento nas pinceladas, nos tons e nas maneiras como a luz incide sobre as figuras aumenta ao passo que seu artista, o espanhol Modesto Brocos, amadurece. Ao lado destas imagens, duas fotografias. Uma em que, abraçada à minha mãe, seguro um diploma. Ela usa um vestido branco que contrasta com sua pele preta, estou vestindo um macacão cinza. Somos semelhantes nos traços do rosto, minha pele é poucos tons mais clara que a dela. Sorrio muito nesta foto, ela sustenta um olhar vermelho de quem acabou de secar as lágrimas. No segundo retrato, estou no banco de trás de um carro em direção à praia, que é, naquela imagem, uma expectativa gerada pelo paredão verde da Serra do Mar, revelado através do para-brisa dianteiro. A foto é tirada por mim e a imprecisão do enquadramento evidencia os dedos infantis tentando domar a máquina: minha mãe está no banco do carona, olhando para trás com a boca semiaberta, parece tentar me dizer alguma coisa, talvez reclamar do meu uso da câmera e da necessidade de economizar os filmes para fotografar o mar, a areia e as paisagens bonitas. A pessoa que está dirigindo aparece apenas num canto de boca refletido pelo espelho do retrovisor central. Seus lábios finos esboçam um sorriso econômico.

2.

Na única janela a que tenho direito, uma luz vermelha contorna formas que ou são alienígenas ou resultam da sequência de insônias que tive até aqui. O dia amanhece. É junho, mas faz calor. A fase final do concurso público para o cargo de Professora Assistente na Universidade de São Paulo é daqui a duas horas.

Sou uma recém-doutora em ciências humanas, uma pobre qualificada. Ostento meu título enquanto mantenho a desconfiança de que os garçons dos bares que frequento ganham mais do que eu. A disputa final é entre mim e dois homens brancos que se doutoraram em universidades francesas. Tirei nota máxima na prova escrita e meu currículo foi avaliado como excelente. A aula é o último passo para a realização de um sonho construído com esforço, repetição e fascínio constante pela vida intelectual. De quebra, sinto que vencer essa disputa contra aqueles dois me trará algum tipo de vingança pessoal, uma justiça poética.

Aproveito a insônia para revisar alguns conteúdos. A realidade das minhas chances me traz agonia e excitação em doses similares. Preparo uma aula de título "O Embranquecimento", que versará sobre as teorias que tentaram acabar com a raça negra no Brasil entre os séculos XIX e XX. A pintura de Brocos será meu argumento: aquela representação da família preta sendo embranquecida, geração após geração.

Minha mãe era faxineira. Tento ser professora.

3.

Puxo uma gaveta bamba e retiro dela uma pilha de textos fotocopiados, um caleidoscópio de cores, anotações, rasuras e destaques numa bibliografia que li e reli durante os últimos dez anos de minha vida. Mal começo a ler, minha bexiga aperta. Ainda tenho muito sono e, ao apoiar os cotovelos nos joelhos enquanto estou sentada no vaso, perco um pouco da noção do tempo. Me levanto num susto.

Abro a porta do armário e observo meu rosto sumir do espelho no movimento da dobradiça. Vejo os itens da pequena prateleira de plástico: uma embalagem de rímel, um batom seco, um frasco de Rivotril 2,5mg, uma escova de dentes e um tubo de pasta. Penso em escovar os dentes, mas desisto. Escuto um barulho que parece vir da minha mesa de trabalho, um som de sirene policial.

Apuro os ouvidos. É o telefone tocando e o toque não se parece com uma sirene. A insônia e seus efeitos. Ando até a mesa, apanho o celular e vejo que um número desconhecido me liga. Uma voz confusa e com dificuldades de terminar as palavras tenta me comunicar uma pergunta.

Se eu não fosse quem sou, interpretaria aquela ligação como um engano, um trote de algum desocupado. Mas não.

Pesco daqueles ruídos as palavras "Centro", "Princesa Isabel", "Helvetia", "mal" e, a senha para entender que aquilo estava acontecendo outra vez, "overdose". Respondo num tom mecânico: "Sim, é meu pai".

4.

Calculo o tempo que preciso para ir até o Centro de São Paulo. Os dois ônibus, depois encontrá-lo naquele mar de gente pauperizada e idêntica entre si, e então ir até uma emergência de hospital, pegar outro ônibus até o campus da USP e, de lá, ir até o prédio das ciências humanas. Tudo isso a tempo de realizar o concurso, que começa às oito e meia da manhã. São possibilidades excludentes. Espero em silêncio por algum sinal, que não sei muito bem o que é, e ele não vem.

Recolho as chaves, decido ajudá-lo. Visto uma camiseta velha, uma calça preta e um par de tênis de corrida. Abro a porta e não me preocupo em checar o caminho no celular. Sei de cor o trajeto que vai da Zona Leste à Cracolândia.

Assim que giro a maçaneta, um grupo de homens e mulheres — todos brancos — surge por detrás da porta e avança para cima de mim distribuindo socos e pontapés. Caio no chão e tento proteger a cabeça e a barriga. Meus movimentos de guarda não são os melhores, sinto na boca o gosto de sola de sapato misturado com um sabor férrico. Minha visão desvanece.

II

1.

"O ar-condicionado está bom, senhora?"

O motorista tenta ser simpático e oferece balinhas e água, mas não percebe que sua pergunta me acorda. Meu corpo retesa num movimento abrupto e saio num supetão daquela cena estranha que meu subconsciente insiste em me trazer: eu me preparando para o concurso, meu pai precisando de mim, um conjunto de brancos imaginários me espancando porque, no sonho, escolhi ajudá-lo. Minha terapeuta diz que é "culpa do sobrevivente".

O carro de aplicativo ziguezagueia para sair do Aeroporto Internacional de Guarulhos enquanto o condutor, Gustavo, 46 anos, mais de mil viagens realizadas, fala sobre assuntos da política e da poluição paulistana. É fim de tarde e me sinto zonza, minha última noite de sono começou numa poltrona da classe econômica, induzida por um calmante forte, comprado em uma farmácia do Aeroporto de Berlim. Tento ordenar meus pensamentos no banco de trás deste automóvel, de onde vejo um rapaz vestindo roupa social que me encara pelo retrovisor.

Sua tentativa de aproximação é inconveniente — há algo na fronteira entre a gentileza e a intimidade forçada em seu tom de voz. Ele sabe para onde estamos indo e poderia interpretar melhor o clima daquela corrida. Com uma simpatia pedante, me diz que prefere fazer o trecho do aeroporto, porque nele é maior a probabilidade de conhecer gente culta, viajada e elegante, como eu. "A senhora é muito bem-vestida e o seu cabelão é muito bonito, com todo respeito", ele fala enquanto faz um gesto caricato de mímica, balançando os dedos por cima da cabeça como quem mexe num black power imaginário.

Ele é careca e branco. Fecho minha expressão e faço cara de "que besteira racista é essa?", treinada pelo meu cotidiano de encontros constrangedores em que o interlocutor se mostra pouco à vontade na presença de uma mulher negra que não é uma serviçal. Antes de um silêncio pesado ocupar o resto da viagem, o motorista comenta que quando aceitou a corrida, pensou que eu era estrangeira, por causa do meu nome.

Visto uma camisa social preta, um tailleur escuro, meia-calça grossa também preta. Tudo comprado no improviso, numa das lojas do aeroporto. Uma fantasia de última hora para o luto. Saco o celular do bolso e miro, outra vez, o menu do aplicativo de mensagens. Foco nas palavras iniciais que recebi enquanto dava uma palestra na universidade livre de Berlim, o motivo pelo qual tive que voltar às pressas: "preta, tua mãe passou mal e...".

2.

Gustavo coloca um jazz para tocar. Sinto vontade de fazer um pedido e sei que isso constrangerá ainda mais o ambiente, mas me sinto liberada de pressões sociais, pelo menos naquela noite, pelo menos enquanto não termina o rito fúnebre.

Peço a música que quero ouvir. Ele me encara outra vez, agora com uma surpresa sincera estampada em seu rosto, mas obedece. Observo em silêncio as luzes alaranjadas e distorcidas, o motorista desiste de conversar e a canção reproduzida pelo alto-falante compõe uma trilha sonora que acompanha minha impressão de fatalidade presumida, autopiedade e falta de sentido daquela situação. O carro segue a viagem, um vocal negro emana juras de amor: "Lua, vaaai, iluminar os pensamentos dela...".

3.

O carro estaciona e Gustavo abre a porta para mim. Ele me oferece seus pêsames e pede "desculpas por qualquer coisa", com uma falta de jeito evidente. Não tenho tempo de pensar sobre pelo que ele está pedindo desculpas.

Respiro fundo, tentando acalmar meus nervos. Ajusto as roupas, certificando-me de que estão perfeitas. Não sei por que, mas meu primeiro instinto ao me deparar com a realidade daquela capela de velório é o de mexer naquilo que tenho controle. Minha mente tenta me convencer de que esta não é a hora para imperfeições, mas a sensação que experimento é a de que minha roupa está ruim, minha cara torta e que não consigo controlar nada, de que o luto me deixa burra.

Vejo Maria nos braços de Alberto, e, ao seu lado, Hannah. Os três estão na entrada da capela. Ele segura nossa filha, ela mira o celular de maneira distraída. Alberto está vestindo camisa polo, calça jeans e tênis de corrida. Sua pele negra contrasta com a brancura alemã de Hannah e combina com o tom cada vez mais escuro que a tez infantil de Maria adquire com o passar do tempo. Os três compõem o que me restou para chamar de "família" e esta associação de pensamentos faz com que me sinta velha.

"Que bom que você chegou, preta. Meus pêsames!". Alberto me abraça e inclina a bebê para o meu colo. "Dá um beijo na mamãe", ele diz, imitando voz infantil. Seguro Mariazinha com o braço esquerdo e a apoio em meu colo. Beto está lacrimejante. Hannah parece esperar por uma permissão para me abraçar. Busco-a com o braço direito, ela se aninha por alguns instantes, depois se afasta. "Fez boa viagem? Eu trouxe nosso carro, pro caso de você precisar se locomover. Tá aqui a chave...". Ela tenta transformar tudo em tarefas práticas, como sempre. Às suas costas, enxergo como uma mancha indistinta a dezena de parentes.

O ar está carregado com o cheiro de flores. Sinto uma pontada de culpa por não ter trazido meu próprio buquê. O odor forte contribui para a minha náusea e a impressão crescente de que todos me encaram de soslaio me dá agonia. Há uma certa apreensão no ar, algo para além do luto compartilhado, do distanciamento que minha família sente de mim e que também não se resume ao fato de Alberto e Hannah estarem juntos comigo, o que sempre lhes causa certo espanto. Ambos compartilham desta mesma inquietação silenciosa, que parece se intensificar a cada segundo que permaneço naquele velório.

4.

Abraço Maria por alguns segundos. Ela veste um macacãozinho estampado com morangos, tem cheiro de baunilha e suor noturno, seus dedos diminutos me apalpam de forma destrambelhada e apertam meu rosto. Ao sentir o peso do seu corpo em meu colo, choro. Aquelas são as primeiras lágrimas que saem do meu rosto desde que recebi a notícia da morte de minha mãe. Do púlpito daquele auditório universitário até o banco de trás do carro que me trouxe aqui, tudo se resumiu a uma tarefa febril de logística e urgência.

Com o nariz encostado em seu pescoço frágil, sinto o choro se apossar do meu corpo. Seus dedos em pinça apertando meu rosto me trazem uma lembrança maternal e a confusão de sentimentos desta linha interrompida, nós duas vivas, minha mãe morta, desmancha minhas resistências. O catarro toca meu lábio e a roupinha de Maria.

Continuo por alguns instantes ali, naquela mistura esquisita de fluidos e sentimentos represados que me conecta com minha filha numa dimensão ao mesmo tempo aconchegante e aflitiva.

O mundo desaparece ao meu redor, não percebo detalhes sobre nada, não consigo pensar em algo que satisfaça minha ânsia de racionalização. Meus braços fraquejam, um formigamento cresce pelas panturrilhas. Entrego a bebê para Alberto e sigo na direção da única placa de banheiro que consigo enxergar, um tanto desnorteada, atravessando os tios e primos que tentam oferecer suas condolências tímidas.

A visão do mictório confirma meu erro, mas não me importo. Jogo quantidades fartas de água na cara. O espelho do banheiro está quebrado numa diagonal quase perfeita, vejo apenas a metade esquerda de minha face. Recolho algumas toalhas de papel e me enxugo com golpes fortes, numa aposta de que esta sequência de impactos físicos me faça recobrar o equilíbrio emocional.

Ao amassar uma bola grande de guardanapos úmidos, sinto um toque em meu ombro. "Macária, tu tá no banheiro errado, minha filha". Reconheço a voz, mas não acredito em sua presença.

Encaro aquele homem bigodudo, branco, de magreza doente, cabelos ralos e grisalhos.

"Oi, Cláudio". Minha voz é pouca coisa além de uma resposta mecânica.

III

1.

“Esse aqui tá gostoso de espremer, posso?”. Não havia como demover a vontade de minha mãe em espremer cravos de minha pele. Durante a adolescência, tive uma acne forte. Eu morria de vergonha, Dona Dalva desfrutava.

Deitada em seu colo, sentia quando ela juntava os dois polegares em formato de pinça e me apertava o rosto, fazendo uma leve pressão para fora. Seus dedos escuros, magros e enrugados alisavam meus cabelos toda vez que eu fazia uma expressão de dor. Ela me contava, outra vez, como escolheu esse nome estranho: Macária.

Minha mãe trabalhou a vida inteira numa empresa que terceirizava o serviço de faxina para universidades paulistanas. Ela gostava de ler revistas sobre mitologia grega nas idas e vindas das três horas de viagem que a levavam da nossa casa, no extremo leste da cidade, até o trabalho. As histórias daqueles deuses eram suas companhias nos ônibus lotados, trens que quebravam, metrôs que só existiam nas regiões centrais.

Num desses dias, Dalva ficou curiosa com a história de Macária, a deusa grega da boa morte, nascida da união extraconjugal de Hades e Perséfone. Fui saber depois — atendendo à tradição de todas as pessoas que possuem alcunhas esquisitas e se tornam obsessivas por significados de nomes — de outras interpretações, que a descreviam como fruto de uma violência que o deus dos mortos cometera contra a divindade dos perfumes. Acho que minha mãe não sabia dessa versão da origem de Macária, que dizia que a filha dela tinha o nome de uma criatura ao mesmo tempo divina e oriunda de uma violação.

Não foram poucas as vezes que esperei uma retratação sobre a história do nome, mas ela não veio. "É um bom nome, o nome de uma deusa, eu e seu pai demos ele para você", ela dizia. "Tive que repetir três vezes o nome, escrever num papel, porque o pessoal do cartório não entendia", ela falava, rindo, enquanto eu rangia os dentes cravejados pelo aparelho odontológico em resposta às suas escavações em minha pele. Consigo imaginá-la apontando para mim enquanto eu chorava num berçário da Maternidade Santa Maria Isabel.

Quando pari minha filha é que percebi esse misto de crueldade e carinho de apontar para alguém chorando e dizer: seu nome é esse. Escolhi o nome mais simples que me veio à cabeça: Maria. Sinto que o fiz por receio de repetir o que meus pais me fizeram.

No campo da cor, ela quis colocar "preta", mesmo eu sendo uma filha mestiça. O funcionário do cartório protestou. Insistiu até que minha mãe aceitou me registrar como "parda". Ela usava esse exemplo para tentar me advertir sobre alguns perigos da vida: "Aceitaram com mais facilidade que eu te chamasse de Macária do que de preta".

Sua certeza de que sou uma mulher preta sempre contrastou com o interesse intelectual que tive em duvidar dessa categoria. Passei boa parte da minha vida acadêmica me perguntando "o que é ser preta" e sinto que nunca cheguei na certeza simples que imagino ter ocupado a cabeça de minha mãe quando ela olhava a palavra "parda" no documento e desconsiderava, dizia para todo mundo: "minha filha é preta".

2.

Ela nunca aceitou meu dinheiro. Afirmava que sua aposentadoria pagava uma vida simples e boa, que era o que ela gostava:

"Um canto pra morar, dormir bem, não comer mal". Durante a faculdade, me esforcei para lhe presentear com coisas que não custassem muito dinheiro, mas que lhe dessem certo orgulho de minhas viagens por conta da vida acadêmica. Me mudei para uma quitinete perto do terminal, um pouco mais conectada ao centro da cidade, e passei pelo processo de fazer da casa em que me criei um local de visitas.

Com o passar do tempo e o acúmulo de seminários, congressos e apresentações de trabalhos, transformei a sala de estar da casa onde cresci numa coleção de lembrancinhas de cidades, louças e canecas feitas por secretarias municipais de turismo. Ao retornar, a visita para trazer os presentes também me dava a oportunidade de contar minhas histórias.

Contava sobre Rio de Janeiro, Recife, Fortaleza, Natal, Salvador, Caxambu, Porto Alegre, Brasília. Minha mãe ouvia com admiração, mas havia um misto de fascínio e inveja vindo de outros parentes. Num desses almoços em que eu narrava minha vida como viajante financiada, meu tio Patrício disse: "Que bom, Macá! Na nossa época, a gente não tinha essas mordomias de viver assim, estudando e viajando".

Reagi mal àquele comentário, falei por minutos sobre como o estudo também era uma forma de trabalho e que eu não estava viajando para turismo. Minha mãe me interrompeu: "Olha, minha filha... sua vida é diferente. A gente veio em um pau de arara da Bahia...", e voltou a mastigar um pedaço de frango.

"Você pode dizer que é trabalho, tudo bem", Patrício continuou. "A gente te admira muito e tudo mais, mas você tem que ver que tem diferença, né. Eu sou cuidador de idoso, passo o dia inteiro limpando bunda de velho, passeando, ouvindo história repetida. Tô com 62 anos de idade, tô me sentindo velho, mas não tem ninguém pra cuidar de mim. Esse é o meu trabalho, nunca viajei pra essas cidades aí que você tá me falando, nem nunca li um livro na vida, porque não tenho tempo...".

Eu tinha muitos argumentos para rebatê-lo, mas minha mãe me pediu que fosse à venda da esquina comprar mais uma garrafa de Coca-Cola. Obedeci num gesto resignado e caminhei, certa de que ficaria remoendo o fato de meu tio comparar sua vida de trabalhador com a minha carreira acadêmica, que ele considerava uma espécie de privilégio. Quando voltei para casa com a sacola, enchi o pulmão para começar a falar, mas eu não era mais o centro das atenções.

Meu pai havia chegado da rua. Ele estava dormindo no banheiro, bêbado, minha mãe batia à porta para acordá-lo. Tio Patrício me pegou pela mão e me arrastou para fora de casa. "Vamos comprar um sorvete, minha filha, pra sobremesa, depois a gente volta aqui. Aliás, lembra da Deise, viúva do Fonseca? O Alberto, filho dela, tá fazendo faculdade que nem você, acho que de administração...". Eu deixava ele me arrastar, sem saber muito bem de onde vinha a impotência e a falta de vontade de voltar para casa naquela situação.

3.

A camisa de meu pai costumava ficar encharcada de suor. O tecido grudava em sua pele avermelhada. Na manhã seguinte, suas roupas já estavam limpas, estendidas no varal. Aquilo me enervava, parecia uma infantilização para não lidar com a realidade. Hoje, vejo que trocar a roupa de um bêbado e lavá-las antes do início do dia era seu modo de editar a realidade, suportar o cotidiano. Minha mãe sempre entendeu o significado da expressão "levar a vida", eu não.

4.

O diagnóstico de minha mãe chegou rápido. Disfunção respiratória congênita. “Não é nada demais, mas tem que tomar uns remédios controlados”. Ela tentou encerrar o assunto quando chegou carregando uma sacolinha da farmácia e um envelope cheio de papéis.

Eu a abracei, ela tinha cheiro de álcool em gel, ainda carregava um pouco de clima de ambiente hospitalar. “Vai ficar tudo bem...”. No meio do caminho seu olhar se perdeu um pouco, ela puxou seus dedos de pinça e os apertou num espaço entre minha bochecha esquerda e o nariz.

“Deixa eu tirar esse cravo aqui, Macá, olha o tamanho disso!”. Ela ria enquanto algumas lágrimas ainda escorriam no seu rosto. Não protestei, permaneci desfrutando da sensação dolorida, sua proximidade física, a oportunidade de observar os detalhes dos calos de suas mãos, as linhas marcadas em sua pele escura.

No mesmo dia vi por entre uma fresta do quarto meus pais sentados na cama. Ele acariciava os cabelos de minha mãe, que parecia chorar e tossir.

5.

Depois de passar no concurso para professora e me mudar para o apartamento de Hannah, as visitas à casa em que me criei rarearam. Morávamos na mesma cidade, mas eu tratava a ida até a nossa casa como uma viagem complicada e cansativa. Essa ausência acontecia, em parte, porque não aguentava admitir a chegada gradual de sua morte, mas também pelo fato dela permanecer uma pessoa gregária, mesmo com o corpo frágil. Ela estava sempre rodeada de vizinhas, jogando conversa fora.

Fui gradualmente me sentindo uma personagem posta por engano num teatro de comunhão do qual não sei ao certo se faço parte. Quanto mais participava de eventos acadêmicos nos quais discursava sobre o racismo, aumentava minha dúvida sobre se quando as pessoas falavam "nós negras", nos debates da faculdade, elas estavam falando sobre quem eu via na cozinha da minha antiga casa.

VI

IV

1.

Cláudio está ao meu lado. Permanecemos por um tempo na frente do caixão simples onde minha mãe repousa com um aspecto calmo. Nenhum parente nos consola, nem puxa assunto. Nós três formamos um universo particular, tácito e irresolvido. É possível sentir sobre nossas costas o peso do olhar dos parentes, que agora expressam de maneira mais explícita a mistura de luto com constrangimento.

"Não é possível tua mãe ter ido antes de mim". É a primeira vez que ele fala desde que saímos do banheiro masculino, há uma rouquidão metálica em sua voz. "Não é possível mesmo.", respondo. Ele me encara por alguns segundos. "Tu ficou muito parecida com ela, mas esse teu temperamento...". Deixo-o falando sozinho, viro as costas e ando em direção à saída.

Hannah está brincando com Maria, sussurrando uma música infantil alemã. "Ele chegou cedo", diz, referindo-se ao homem que continua estagnado em frente à caixa de madeira. "Ficou ali o tempo inteiro, em silêncio, se mexendo só para cumprimentar os parentes que tentavam algum diálogo. Me aproximei dele, mas não soube como me apresentar, desisti...". Ela parece ansiosa, concentrando-se mais do que o habitual para falar o português, o que lhe acomete quando quer dizer algo que a constrange. "Aliás, dois tios seus me chamaram de 'a amiga alemã da Macá' e eu não entendi bem...". Interrompo-a com um abraço e um beijo rápido e leve, sinto a surpresa em seus lábios.Faço um carinho nos seus cabelos. Sua expressão se desmonta num sorriso sincero. Ela balança a cabeça num gesto afirmativo.

Nossos dedos estão entrelaçados quando ouço a voz de Deise, mãe de Alberto, às minhas costas: "Macária, o pessoal do enterro...", a logística aparece outra vez, "O pessoal tá pedindo pra gente levar o caixão pro cemitério...".

Dois homens vestindo ternos mal cortados passam por mim, seguram as alças do invólucro de madeira e perguntam se podem fechá-lo e levá-lo até o carro. Carrego Maria até sua avó materna, Alberto está ao lado de um dos homens de terno que seguram o caixão, Hannah me acompanha e se coloca entre mim e Cláudio. Nós cinco formamos, por coincidência, uma gradação fenotípica que vai de minha filha à Hannah e que tem na figura de minha mãe, deitada em nossa frente, um ato inaugural do destino de nossas peles.

2.

Ao sairmos do cemitério, Alberto sugere passar a noite com Maria. Recuso. Hoje preciso dormir ouvindo a respiração de minha filha. Hannah se oferece para pegar um carro de aplicativo e ir para casa enquanto dou carona para Cláudio, que fica o tempo todo num canto afastado, a um metro de nós, contemplativo. Alberto faz questão de levar Hannah e Maria para nosso apartamento, está resoluto. "Quero olhar mais um tempo pra minha pretinha", ele diz enquanto aperta suas bochechas.

"Deixa que eu levo a criança". Hannah nunca chama Maria por vocativo que evoque alguma familiaridade, é sempre "a criança", e isto me agrada. Ela segura Maria com firmeza, me despeço dos dois com gestos econômicos. Os observo à distância naquele estacionamento, Alberto retira a cadeirinha de dentro do porta-malas e comenta algo com Hannah, que parece concordar. Ela acomoda Maria no banco de trás e depois entra no carro sentando-se no banco do carona. Deise foi embora antes, de ônibus, costuma dizer que "tem o espírito fraco pra essas coisas", raramente vai a velórios e, quando vai, fica o mínimo possível.

Por alguns segundos, imagino qual seria o conteúdo do diálogo entre os dois, se conversariam sobre algo ou deixariam o silêncio conduzir a viagem. Hannah e Alberto quase nunca se encontram e seus momentos a sós são ainda mais raros. Pelo que sei, houve uma ocasião em que os dois estiveram sozinhos por bastante tempo, mas ambos se constrangem ao lembrar desta noite. Desejo que eles conversem sobre mim, sobre como resolver as tensões em torno do nosso relacionamento.

Não me demoro nesse pensamento, porque meu pai está prostrado ao meu lado e ele me desperta do estado reflexivo: "Tchê, tu tá namorando os dois, o pretão e a alemãzinha, Macá? E aquela é minha neta, não é?". Minha incapacidade de dar as respostas mais simples para ambas as perguntas

— sim e sim — me aprisiona num constrangimento que se reflete num riso esquisito, involuntário.

"Aquele carro ali, Cláudio, o cinza. Me diz onde você quer que eu te deixe". Ele resmunga alguma coisa inaudível, entramos no veículo e seguimos para a região central da cidade. Uma chuva fina começa a cair assim que aciono o motor.

3.

"Carro bom, filha! Coloca aquela música chinelona que tua mãe gostava, pra gente lembrar dela", ele diz, quebrando o silêncio que já durava uns 10 minutos, com um conforto que parece ignorar nosso passado.

"Claro que não, Cláudio! Óbvio que não", respondo em tom ríspido e contrapondo sua animação.

"Tu nunca mais vai me chamar de pai?"

"Eu não quero conversar sobre isso agora."

"Então por que tu me deu essa carona?"

"Eu ia te deixar naquele cemitério, sozinho, olhando pro nada?"

Aciono a seta do carro na direção esquerda e aproveito a interrupção momentânea do diálogo para ouvir os ritmos repetidos.

"Tem dois anos que eu não bebo nem uso nada".

"Você quer que eu te dê os parabéns por isso?"

"Tu não vai amolecer nem no enterro da tua mãe? Não sei o que aconteceu pra tu te criar desse jeito."

"Que jeito? Agora você sabe de que jeito eu me criei?"

"Tu continua achando que eu fui o único que abandonou tua mãe, né?"

"Cala a boca, Cláudio! Me deixa dirigir."

"Eu não sou o melhor pai do mundo, tu pode crer nisso, mas não sou esse monstro. Eu não sou esse branco malvado que tentou estragar tua vida."

Uma curva à direita aparece na minha frente e reinicia o metrônomo que conduz todos esses ritmos: a chuva, o para-brisa, o clique da seta e um ódio crescente que sobe pelas pernas e retesa meu corpo. Enxergo um acostamento, estaciono e o encaro em silêncio por alguns instantes.

"Desce do carro, agora", digo destravando a porta do carona. Ele permanece calado e a sua imagem é de uma dubiedade angustiante: conflui o homem sobre o qual tenho ressentimentos inenarráveis com a figura de um velho doente, abatido e que não sei se verei outra vez caso o expulse numa esquina chuvosa desta cidade.

Um baque ritmado em minha janela lateral me assusta. O sujeito está ensopado, maltrapilho e bêbado, hesito por uns instantes, mas abaixo o vidro.

Sua mão, revestida por cascos de sujeira, passa pela fresta do vidro e se espreme para dentro do carro. O homem me pede dinheiro, balbucia sobre a fome que sente, o frio, a necessidade de comprar um cobertor, cachaça e comida para enfrentar a noite. Me desespero, não tenho nenhum centavo em moeda, num gesto ridículo, pergunto se ele tem alguma chave para transferência eletrônica, questão que ele ignora enquanto sua mão avança para dentro do carro.

A janela entreaberta deixa os respingos molharem meus olhos, o carro todo é ocupado pelo ambiente externo: a chuva, o frio, o cheiro. Puxo minha bolsa com a mão direita e olho mais uma vez para verificar se não tenho qualquer trocado esquecido no fundo dos bolsos. Só neste momento percebo que

Cláudio não emitiu nenhum som desde que exigi que ele saísse do carro.

Assim que olho para o lado direito, vejo-o desacordado e com uma careta estranha em seu rosto. O empurro com o braço, num movimento instintivo, e grito "Pai!". O sacudo com força, ele resmunga algo incompreensível, mas não recobra a consciência. Retorno meu rosto para o pedinte, empurro sua mão enquanto repito um "Desculpa, moço, desculpa!" um tanto frenético e dou partida, tentando rememorar onde é o hospital mais próximo.

4.

Estaciono o carro na frente de um hotel no Centro da cidade, há uma placa presa de maneira torta acima da entrada: Hotel Glória. As paredes de tijolos estão manchadas de fuligem e sujeira e a pintura são só lascas velhas circundando janelas rachadas. A entrada não é mais do que uma madeira simples com maçaneta enferrujada e a calçada ao seu redor está cheia de ervas daninhas. Insisto em levá-lo a um hospital, mas ele recusa. Diz que o desmaio é coisa passageira, que tem acontecido nos dias estressantes, mas que está tudo bem.

Depois, pede meu número de telefone, diz que quer retomar o contato, que tinha muita coisa a dizer depois de todo esse tempo. Ele usa a expressão "todo esse tempo" com uma naturalidade que me deixa incomodada, mas por algum motivo pego seu celular velho — tela trincada, ícones e letras em tamanhos grandes — digito meu número e o devolvo. Ele guarda o aparelho no bolso e permanece no carro, em silêncio, olhando para frente.

Observo os nomes das placas daquela esquina, o calçamento irregular, os moradores de rua fugindo da chuva, tento reparar em suas cores de pele, em suas roupas puídas. O silêncio continua. Sinto um toque trêmulo se aproximar da minha mão direita, que repousa no câmbio do carro. Recolho-a e vejo seus olhos se enchendo de lágrimas. "Tchau, filha", ele fala numa voz embargada. Respondo "Tchau", sem saber se concordei, por deslize, com aquele laço paternal que luto para desconstruir.

Há um constrangimento no aspecto do seu rosto. Ofereço ajuda para sair, ele ignora a oferta, destrava o clique da fechadura da porta e coloca o pé direito no asfalto molhado. Faz um impulso, mas esbarra na porta e volta para o banco, com uma perna fora e outra dentro, numa pose estranha. Saio do banco do motorista com pressa e vou até o outro lado do carro, a chuva cai em pingos finos.

"Vem, p...". A palavra quase sai da boca, mas hesito. "Vem, Cláudio".

Escoro aquele homem magro, abatido e branco, com o chaveiro do Internacional de Porto Alegre pendurado no cós da calça e sinto, neste contato, por debaixo de sua camisa, algo quente, viscoso, plástico. Bolsa de colostomia. Minha mente forma as palavras com rapidez instintiva e isso me dá um gatilho de voltar ao carro, me distanciar dele outra vez.

Observo-o caminhar até o portão do hotel. Dou partida no carro. Já é quase madrugada e as ruas estão vazias.

V

V

1.

"Eu limpava o chão da faculdade, né. Agora você vai ter aula numa faculdade! Fiquei lá uns bons dez anos. Era pra ficar só seis meses, mas me engracei com o seu pai e ele dava um jeito de toda vez que a equipe era renovada eu permanecer ali, limpando a ala do departamento em que ele trabalhava. No começo era segredo, ele ficava sem graça de assumir o romance com a faxineira, mas depois ficou inevitável, fomos virando casal mesmo. Ele queria que eu estudasse pra prestar o concurso e ir trabalhar no departamento dele. 'Tirar esse uniforme, largar essa vassoura, isso não é vida', ele dizia. Não sei por que, mas nunca fiz nada disso. Continuei lá, limpando o piso, recolhendo lixo dos universitários". Minha mãe me contou essa história quando dei a notícia de que havia passado no vestibular.

Passei por cotas. Essa foi a mensagem que o sistema de distribuição de vagas universitárias me indicou quando coloquei meu CPF num buscador. Na verdade, o sistema dizia "vagas reservadas – ações afirmativas", mas a tradução cotidiana era esta: cotas.

Lembro bem deste dia. Ela estava na cozinha, picando cenoura, cebola, vagem e couve, o cheiro de refogado subia pelas paredes. Saí do quarto com um golpe forte na porta e ela se sobressaltou, derrubei uma das cadeiras e a abracei: "Mãe! Passei!". Ela limpou as mãos num pano de prato antes de retribuir o abraço, estava animada, me pediu para pegar as louças de festa. Quando se virou para voltar a fazer nossa comida, minha mãe escolheu esta frase e esta história para continuar a conversa sobre o fato de eu ter conquistado uma vaga no ensino superior: "Eu limpava o chão da faculdade, né".

2.

Fiz graduação numa época em que o racismo era um assunto da moda. O programa matinal da televisão falava sobre racismo, o programa da noite também. Haviam páginas dedicadas apenas a transmitir escândalos e violências cometidas contra pessoas negras, tudo em primeira mão. Isso contrastava com o fato de que no curso de história da arte, mesmo com as ações afirmativas, mesmo com todo o debate sobre antirracismo, naquele ano, na maioria de minhas aulas, eu era a única pessoa negra.

Na sala de aula, as garotas brancas chegavam carregando ecobags com a frase "pele negra, máscaras brancas", ilustrações de Angela Davis, o rosto de Carlos Marighella. Falavam de suas avós negras e parentes imemoriais, inverificáveis, mas certamente indígenas. Gostavam de dançar maracatu, jogar capoeira e demonstrar uma boa vontade com a minha "vivência".

As pessoas do campus usavam a palavra "vivência" quando se referiam a alguma situação de racismo, que elas pressupunham fazer parte da minha biografia apenas por eu ser a única pessoa preta com quem elas conversavam naquele curso desproporcionalmente branco. Do mais absoluto nada, colegas ao meu lado discursavam por minutos a fio sobre situações que não vivi.

Não foram poucas as vezes em que me peguei em meio a discursos longuíssimos sobre os males da discriminação racial: na vida acadêmica, nas artes, nos afetos. Essas falas terminavam com um olhar lançado a mim, como quem pergunta "não é mesmo, Macária?". Se tratavam, em geral, de casos que passavam em algum dos canais oficiais de transmissão do mais novo escândalo racista e eram replicadas pelas páginas de redes sociais que todos seguiam para garantir que estavam do lado certo da história.

Essas pessoas pouco faziam para resolver quaisquer questões que elas mesmas comentavam. Em suas cabeças, o antirracismo era uma espécie de sistema de difusão de notícias horríveis, e mais nada. Ao mesmo tempo, eu via ali uma oportunidade.

Percebi que era boa em cavar piedade de brancos universitários culpados. Toda vez que contava a história da minha família, especialmente a parte do meu pai, conseguia atenção. Depois me pus a colocar detalhes que não eram ficcionais, mas que combinavam com as expectativas que eu sabia que essas pessoas tinham sobre mim, a garota negra, filha de um bêbado branco, que lhes trazia histórias redentoras.

Contava esses relatos nos pequenos workshops em que me convidavam para dar aulas sobre como não ofender pessoas negras, nas atividades em nome da diversidade que começavam e terminavam no mês de novembro. Mas eu aproveitava. Era uma espécie de pequena reserva de mercado em que se disputava o posto de interlocutora universitária oficial de uma certa experiência de sofrimento. Ao final de cada uma dessas atividades, uma roda se formava ao meu redor para saber mais, tecer elogios e repetir: "Que barra, Macária, que pena, mas muito forte sua vivência".

Depois eu voltava sozinha para casa. O olhar esquisito de algum homem nojento que fica encarando mulher em transporte público, dez minutos de caminhada entre duas esquinas escuras da Zona Leste de São Paulo. Chegava, depositava a mochila em minha cama, olhava, mais uma vez, para "A Redenção de Cam" e voltava a estudar, até a dosagem de Stagivile 100mg esgotar seu efeito e meu corpo desabar sobre a mesa com cadernos, livros e pinturas do século XIX. Com frequência acordava com o rosto colado numa dessas imagens, os olhos grudados à representação de uma mulher preta feita por um homem europeu que sequer imaginou que um dia alguém como eu pudesse existir.

3.

Toda universitária negra, pobre e brasileira domina três línguas: a que falamos em casa, a que falamos quando os brancos querem falar com uma pessoa negra que se prestam a tentar entender e a que falamos quando eles querem falar com outro branco, mesmo que você seja negra. Nesse equilibrismo poliglota e opressivo de ter que sair de uma periferia para ser você e ser outra ao mesmo tempo, o que está em jogo é a possibilidade de vender a autenticidade, fazer o malabar perfeito de uma criatura bem treinada em representar a imagem satisfatória da negra ascendente, mas que não esqueceu suas raízes. A ginga e a elegância num fino equilíbrio imposto aos que vêm de fora, aos que vivem a vida inteira fora do prédio e quando entram são obrigados a responder, a cada evento, fala, reunião, seminário, entrevista: como é ser negra, qual é a versão negra disso?

Esse equilibrismo entre saber sambar e decorar citações de filósofos, tão encerrado no enclausuramento cerebral que a vida universitária causa, não nos poupa das expectativas estéticas e dos efeitos físicos e colaterais. E, claro, a comparação entre nós, negras universitárias, as gradações e competitividades sutis para saber quem é a representação mais verdadeira de nossa cor, quem era branca antes de descobrir as cotas raciais, quem é menos negra por ter o tom de pele mais claro.

4.

Mas, no fundo, gosto, sempre gostei. É difícil admitir, mas a pressão e a resposta imediata me excitam. Aprendi a torná-las uma espécie de jogo, uma competição na qual eu precisava vencer os brancos de maneira ostensiva e os negros com uma elegância condescendente.

Não sei o quanto essa entrega dos primeiros 20 anos da minha vida adulta a uma estrutura escolar foi fruto da vontade de ser mais inteligente que todo mundo, de superar meus problemas com a minha força intelectual ou da minha incapacidade de viver a vida sem ter que disputar prêmios e lutar pela aprovação de figuras professorais. Às vezes, me pego pensando que nunca saí dos bancos da pré-escola e da minha ansiedade de ser a aluna que ganha estrelinhas no caderno, com a diferença de hoje viver à base de remédios para acordar, dormir, trabalhar e manter o bom humor.

Quatro anos de graduação, três anos no mestrado, cinco anos e meio para um doutorado. Tudo isso com um sentimento esquisito de que cada conquista me traria uma nova solidão. Uma coleção de títulos sempre associados a frases como "a única negra a ganhar", "uma das poucas em tal espaço", "a segunda negra a vencer tal prêmio" ou qualquer outro tipo de aditivo denotando que a ascensão e a solidão de mulheres negras são fenômenos parecidos, quando não consecutivos.

Quando passei no concurso para professora universitária, senti um orgulho profundo e uma estranha sensação de recompensa por ter abandonado meu pai e, de certa forma, também ter abandonado minha mãe. Era como se tudo se encaixasse sob o ritmo bem feito da minha disciplina, da minha inteligência e do meu esforço. Mas esse orgulho não deslocou em um centímetro o fato de que, ao chegar no departamento que seria meu local de trabalho, havia - como de costume - mais gente da minha cor com uma vassoura na mão, recolhendo o lixo, limpando os banheiros, do que segurando giz e falando diante de uma lousa.

IV

VI

1.

O porteiro da madrugada me cumprimenta. "Boa noite, dona Macária!" Ele me avisa sobre as novidades do condomínio: a academia terminou de ser reformada, existem novas regras para a utilização da piscina interna e a cota de gás será reajustada. O elevador sobe, choro outra vez, agora sozinha, naquele cubículo metálico e estéril.

Entro no apartamento e passo alguns segundos observando a pintura que está em destaque em nossa sala: Ao lado de uma coluna com quadros que enumeram os prêmios e medalhas de reconhecimento pelo meu trabalho como pesquisadora, está uma reprodução de "A Redenção de Cam", em tamanho grande, banhada pelo tom amarelo de uma luminária de estilo industrial. Olho cada um dos personagens do quadro, sua paisagem, as diferenças de geração.

2.

Com as mãos erguidas aos céus, uma senhora preta, de pele quase opaca, permanece em pé num gesto que parece agradecer por uma graça divina, um milagre. No centro da tela, uma mulher jovem, com a pele mais clara do que a da senhora à sua direita, mas ainda assim negra, senta-se num banquinho de madeira. A personagem central olha com carinho para um recém-nascido que repousa em seu colo. Com a mão direita aponta para a senhora — fazendo gesto de quem quer ensinar algo — e com a mão esquerda sustenta as costas do bebê. A criança está com o corpo e o rosto voltados para a velha preta, olhando para ela com a mão direita erguida, em sua mão esquerda segura uma laranja. A criança é branca e reluzente, quase uma estrela. À esquerda, um homem adulto, mais velho que a mulher ao centro e mais jovem que a velha à direita, expõe um sorriso fino. Ele está de costas para as duas mulheres da imagem e olha de soslaio para o bebê. O homem também é branco, como a criança, mas sua pele é menos brilhante, tem tons acinzentados. A mulher e o homem não se tocam. Todos os personagens estão em frente a uma casa feita de pau a pique. A senhora está fora da casa, postada em pé, na frente de uma palmeira. O homem branco está na soleira da porta. Ao fundo, vemos roupas brancas estendidas num varal. Entre estes dois extremos, a mulher jovem, de pele negra clara, e o bebê branco. A assinatura da obra como "A redenção de Cam" evita qualquer outra possibilidade de interpretação que não seja a de que aquela pintura representa a imagem de uma mulher muito preta agradecendo aos céus pelo fato de ter um neto muito branco.

Não foram raras as vezes em que me peguei imaginando o pintor a olhar para suas tintas e variações de tons de marrom, preto, vermelho escuro, grinalda, bege, areia, concebendo todas as combinações possíveis. Sentado em um banco de madeira, sob a luz de velas, observando os tubos velhos de pigmentos, sentindo o cheiro da mistura de resina e óleo de linhaça impregnado nas paredes de seu estúdio, algum canto da casa de um mecenas do século XIX no Rio de Janeiro. Uma edição de "A Lei do Contraste Simultâneo das Cores" em sua mesa de trabalho, borrada por consultas intermitentes em meio a sessões febris de pintura. Noites e noites imaginando como representar na sua próxima tela o corpo de mais uma mulher e o seu negror.

Muitas vezes me perguntei quem eu seria naquela imagem paradigmática de família inter-racial brasileira. Às vezes, me identificava com a mulher ao centro, o fruto da mestiçagem que aparece num destaque quase divino. Uma mulher negra, mas de pele clara, alguém capaz de gerar uma vida ainda mais branca, a prova cabal de que o embranquecimento está por vir, que só nos falta mais um esforço, mais um parto.

Mas confesso que, outras vezes, não me identificava com nenhum dos personagens e, nas noites em que esperava o guarda da biblioteca me expulsar para fechar todas as portas, imaginava-me sendo Brocos: escolhendo as tintas, observando cores, inventando cenários de mudança racial.

3.

Puxo do gavetão da mesa de centro um encadernado de capa dura, grande e com motivos floridos. Sento-me no sofá e repouso aquele álbum de fotografias em meu colo. Uma fotografia na praia, minha mãe sentada na cadeira, tomando sol, sua pele escura reluzente, eu, ao fundo, brincando na areia e, no canto, meu pai com uma lata de cerveja na mão. Uma imagem do meu aniversário de quinze anos, o laquê endurecendo meu cabelo, o vestido branco de debutante e a maquiagem pesada, Dalva com o aspecto cansado, Cláudio com os olhos vermelhos. A formatura da faculdade, minha mãe, emagrecida pela doença, mas firme, ao meu lado, segurando o canudo do diploma, enquanto apareço com o rosto borrado de lágrimas. Eu recebendo meu título de doutora em história da arte, sozinha, em frente ao púlpito da faculdade. Imagens dos meus prêmios, cerimônias, seminários e, a última delas, uma fotografia de minha maternidade.

Sentada numa maca de hospital, seguro Mariazinha, que naquele instante quase não existe para além da extensão do meu corpo, ela se gruda à minha pele suada, seus olhinhos miúdos se esforçam para abrir. Estou descabelada, com aspecto de exaustão e torpor. Alberto posa ao meu lado direito, com sorriso exuberante, completo, franco. Hannah, à esquerda, olha para minha filha, a expressão em seu rosto mistura adrenalina, curiosidade e constrangimento.

Encaro a primeira foto do álbum, enxergo-me uma criança numa praia de faixa de areia quase infinita, vejo a distância entre meus pais. Olho para a foto do meio, no centro da imagem, sozinha, segurando uma medalha de mérito científico. Passo para a última e vejo-me segurando a manifestação física mais radical das possibilidades do meu corpo, minha filha. Estou ladeada por um amor estranho e múltiplo, que me acompanha e me é leal. Depois, miro outra vez a pintura de Brocos. Permaneço ali, reencenando os acontecimentos do dia. Minha mãe morreu, Cláudio voltou.

4.

Deixo as fotografias no tampo da mesa de centro e vou até o nosso quarto. Maria está dormindo na sua cama baixinha, de modelo montessoriano. Hannah está deitada ao seu lado, num colchão de solteiro que ela usa toda vez que não passo a noite em casa. Nossa cama de casal está vazia. Penso em obedecer ao meu corpo, que pede apenas por um desmaio profundo, mas sinto em mim um cheiro de roupa recém-comprada, ar de avião, flor de velório, mãe recém-morta... uma combinação esquisita, uma sujeira que, de repente, me impregna a consciência.

Vou ao banheiro, tiro as roupas e me sento no vaso. Quase como num movimento automático, recolho o celular da bolsa e abro o aplicativo de e-mail do trabalho. O reitor da faculdade alemã oferece seus pêsames, mas reafirma: a oferta para a vaga de professora na universidade está de pé, caso queira, as aulas começam no mês que vem. Mudo a tela para o aplicativo de mensagens, vejo condolências de colegas do trabalho, uma mensagem de Alberto — "Chegou bem, preta?" — e um número desconhecido, com seis envios apagados antes do ícone que aponta um áudio com um minuto de duração, enviado há pouco tempo, no final da tela.

5.

Aperto o ícone de play e ouço outra vez o som metálico e rouco que impregna minhas memórias sobre como era a voz de meu pai.

Sua aparição durante o velório, esta mensagem, nada parece se encaixar com a minha memória de um homem que vivia entre a euforia, a agressividade e os períodos soturnos de ressaca depressiva.

Só agora, sentada na privada, com uma calcinha que não troco há mais de 40 horas enrolada acima dos meus tornozelos e sentindo a candidíase que me ataca nos períodos de ansiedade, é que pude organizar minimamente os pensamentos. Não respondo nenhuma das mensagens. Abro o armário do banheiro e busco o frasco do Miorrelax 30mg, engulo um dos comprimidos com a ajuda da água do chuveiro.

Visto um pijama limpo e vou até a cozinha. Meu sanduíche predileto — pão, requeijão, tomate e presunto — está esperando na geladeira, dentro de um pote de vidro quadrado com um post-it rosa, escrito “Liebe S2”, na tampa. Como-o em mordidas lentas, apreciando a textura do pão, o meu estômago reagindo à comida depois de horas em jejum, o efeito do comprimido retirando a pressão de minhas costas e a certeza de que aquele sanduíche estaria ali, esperando por mim, no momento em que eu chegasse em nossa casa.

Me deito com Hannah no colchão de solteiro. Encaixo meu corpo no dela, seus cabelos pretos e curtos estão úmidos, recém-lavados. Ela se mexe um pouco e, ao sentir seus quadris girando em minha direção, sei o que ela dirá. Seus olhos estão quase fechados e ela fala, quase num sussurro: "eu já disse que te amo, hoje, Liebe?". Não a respondo, apenas beijo seu ombro direito. Daquele ângulo horizontal, observo e invejo a tranquilidade com a qual minha filha descansa. Adormeço sem perceber.

VII

1.

“Fecha essa boca”. Era como ele falava assim que a menor das distrações abrisse meus lábios, mostrando os dentes dianteiros separados. “Quem vive com os dentes à mostra é égua, Macá, fecha essa boca”, ele me dizia num tom firme, mas calmo, e logo depois mergulhava no seu silêncio controlado por tragadas no cigarro.

A Volkswagen Parati cheia de isopores, caixas e sacolas descia a Serra do Mar pela Rodovia Anchieta a vinte por hora, quase parando no trânsito renitente da estrada litorânea em feriado de carnaval. A imagem do oceano se desvelava por detrás do paredão verde da mata atlântica quando saíamos dos túneis, as chaminés das indústrias lançavam labaredas de fogo, num contraste quase surreal. Meu pai fumava cigarro Derby azul, eu sentia os cheiros de fumaça, de gasolina e de maresia se aproximando, observava os restos de cinzas voando através da janela aberta e indo para o banco de trás, cravejando a espuma do estofado e a minha pele sofrida pelo calor grudento.

Minha mãe fazia a trilha sonora. Fitas K7 gravadas com sua atenção paciente aos programas de rádio FM e dedo bem treinado para interromper o registro antes de aparecerem as vinhetas da Transamérica. Meu pai não gostava daquele tipo de música, dizia ser coisa de maloqueiro, que ou era mela cueca ou era batuque. Uma "chinelagem", ele dizia, deixando escapar um regionalismo remanescente da criação gaúcha. Da música, gostava dos sertanejos — Bartô Galeno, Milionário e José Rico, Tonico e Tinoco —, mas nunca pensou em levar suas fitas nos passeios.

2.

Cláudio pensava muito no carro quando o assunto era viagem. Passava as manhãs apertando parafusos, abrindo o capô, trocando o óleo e a água. Minha mãe se encarregava das malas, dos potes de marca Tupperware, de arrumar um aluguel de temporada em Praia Grande, Santos ou São Vicente — cidade que meu pai odiava de maneira particular, onde, dizia, só tinha bandido e gente feia —, lugares indistintos em minha memória infantil. Era sempre um prédio de no máximo cinco andares e com frontaria azulejada por motivos praianos, independente de qual fosse a cidade da vez.

Para não dizer que ele se importava apenas com a sua Parati 1995 cinza, ele também tinha esmero ao preparar o carregamento de bebidas. Recusava-se a comprar um pingo de álcool sequer nos carrinhos de praia — "um roubo o preço desses malandros", ele reclamava. Passava a semana anterior recolhendo jornaizinhos de mercado, limpando a caixa térmica. Voltava do trabalho nas vésperas de feriados com três fardos da sua cerveja favorita, uma garrafa de pinga Velho Barreiro, dois quilos de limão e um quilo de açúcar.

3.

Enquanto o carro descia a serra, ouvia o vocal de Salgadinho mesclado com o de minha mãe — "Vai dizeeer, que se ela for eu vou sentir saudaaades!" —, mas sua voz não alcançava mais os gritos melosos típicos do pagode paulistano dos anos 90 e, assim que ela tentava encaixar outro verso de cantoria, a tosse voltava. Meu pai permanecia quase sempre em silêncio, ora ou outra fazia uma queixa sobre aquela fenda mínima criada pelo meu diastema. Reclamava: "A gente tem de levar a menina ao dentista, fazer cirurgia, Dalva". "Não temos dinheiro, você vai pagar?", minha mãe respondia. Ele calava, buscava o maço de cigarros espremido entre o câmbio e o banco do motorista. Como na maioria das discussões entre meus pais, ele inventava um problema e mais nada, ela criava uma impossibilidade prática e a vida seguia.

Quando me levava para viajar, meu pai fazia do cigarro um anúncio de uma de suas breves demonstrações de afeto. A cada uma de suas tragadas inaugurais, ele me olhava por meio do espelho retrovisor e ensaiava um leve sorriso. Eu contava as vezes que isso acontecia. Era uma forma de me distrair da repetição das rodovias. Quase sempre chegava à conclusão de que durante uma ida à praia meu pai sorria em média vinte e sete vezes. Mais ou menos o tempo necessário para ouvir três fitas de pagode.

Neste dia, quando começaram uma leve discussão sobre meus dentes, gritei "Xiiiiii-iiiissss", eles pararam de brigar, ele pegou um cigarro e olhou pelo retrovisor, ela virou todo o seu corpo e me encarou com um sorriso largo, como se a briga e a foto existissem em dimensões distintas. O flash ocupou o carro. Ela tomou a câmera de minha mão. "Não vamos gastar o filme todo antes de chegar na praia, e aposto que seu pai não saiu bem na foto. Você tem que aprender a sorrir pra foto, Cláudio!". Ela agarrou seu cabelo num cafuné forte, ele a olhou de soslaio, depois mirou outra vez o retrovisor e sorriu com a boca um pouco mais aberta.

4.

"Deixa a menina, ela já tá grandinha" meu pai falava alto, segurando uma lata de cerveja e um cigarro apagado entre os dedos. Vestia uma sunga preta, seus pelos saíam por todos os lados e a barriga sobrepujava a linha da cintura.

Ele estava sentado numa cadeira de praia. Ao seu lado, seis latas amassadas e catorze guimbas. Todos bebiam cervejas da marca Brahma, edição especial de lata branca e desenho de um dedo num pandeiro, acompanhado da mensagem "Irresistível sabor número 1". Meu pai tomava Bavária, gostava da cor da lata e do comercial com os cantores de sertanejo.

"Deixa a menina andar sozinha, Dalva, é uma praia, o mar de Santos quase não tem onda". Sua voz era firme e ele não fazia gestos, sustentava sua bebida e seu cigarro.

Eu sentia a brisa do mar batendo na minha pele e no meu maiô lilás estampado com abacaxis. Uma atração estranha me tomava e se traduzia num balbucio frouxo em que repetia "Eu quero ir, eu quero ir, eu quero ir" com a voz baixa, olhando para o chão e encontrando no meio do caminho os meus dedos apertados uns contra os outros, trejeito do qual nunca me livrei.

"Tudo bem, tudo bem... Macária, olha bem aqui: guarda-sol branco e vermelho, grava bem. Tem esse carrinho aqui, cor verde limão. É só ir numa linha reta e voltar. Não vai muito fundo na água, só até o joelho, tá?". Eu assentia às instruções de minha mãe, ainda mais escura e reluzente em contraste com seu biquíni vermelho. Meu pai parecia resolvido com o assunto e voltou sua atenção para o nada, acendeu um novo cigarro.

Guarda-sol branco e vermelho, carrinho verde limão, linha reta, ir e voltar, água até o joelho.

5.

Eu tinha seis anos. Lembro disso porque era 1998 e quase tudo naquela cidade do litoral paulista remetia à copa do mundo da França: cangas, toalhas de praia, guarda-sóis, camisetas, bonés, garrafas de refrigerante, objetos que começavam a se colorir com os motivos do evento mundial de futebol, seus símbolos, o galinho mascote, o verde e amarelo da seleção brasileira. Meu pai tentava ignorar, mas já parecia ansioso com a possibilidade do pentacampeonato. "Tem Dunga e Taffarel de novo, a gente vai ganhar", ele falava, sozinho, de frente para a TV que transmitia o rosto de Léo Batista. Minha mãe estava feliz com a possibilidade de festa e, mesmo não entendendo nada de futebol, planejava o crediário de uma TV de vinte polegadas para que a vizinhança assistisse aos jogos em nossa casa.

Eu andava em linha reta, marcava os passos na areia e, vez ou outra, olhava para a variedade de cores, sons e cheiros que delineavam o caminho até o mar numa praia em dia de feriado. Era uma faixa de areia grande, uma caminhada longa. A água estava morna, o pedaço de oceano à minha frente era cheio de gente, respingos para todo lado, risadas altas. Quatro garotas maiores tentavam um voleibol desajeitado enquanto se desequilibravam com a passagem das ondas. Tropeçava muito. As conchas incomodavam as solas dos meus pés, pedaços de sacola plástica boiavam, eu trombava nas pessoas.

Aquela ida ao mar, a minha primeira sozinha, não se parecia em nada com as vezes em que minha mãe me levava de mãos dadas ou com as que meu pai me carregava nos ombros, feito um saco de laranjas e me jogava para cima com força, depois passava meu corpo num movimento de colher, por dentro d'água. Acompanhada por eles, minha conexão com o oceano estava para além do discurso, uma diversão pura e desavergonhada. Ali, sozinha, lidava com as dificuldades de equilíbrio das minhas pernas finas enquanto mantinha na cabeça a sequência das instruções maternas: guarda-sol branco e vermelho, carrinho verde limão, linha reta, ir e voltar, água até o joelho.

Quando tinha seis anos, não era capaz de perceber que o mar nos move. Que toda vez que trombava em uma pessoa, desviava de uma onda ou tentava fincar meus pés para poder observar um pouco da paisagem, era levada para um outro lugar. Naquele dia de feriado de 1998, enjoei rápido da água morna e cheia de gente, quis voltar para a companhia dos meus pais.

Assim que dei os primeiros passos e senti a areia úmida nos meus tornozelos, percebi que já não estava na mesma direção da qual tinha vindo. Um amontoado de anônimos se misturava com acessórios abrasileirados pouco semelhantes ao caminho de volta indicado por minha mãe. "Pai!". O grito saiu como um vômito queimando minha garganta, um barulho confuso seguido por um silêncio. Eu apertava minhas mãos uma contra a outra enquanto olhava para os lados. Minhas pálpebras carregadas de sal e ouvidos entupidos de água aumentavam a desorientação.

"Pai!". Não pensei em perguntar pelo senhor bigodudo e barrigudo sentado numa cadeira de praia vermelha ao lado de uma mulher negra e de cabelo afro. Sequer sabia articular com palavras a aparência dos dois, ou uma localização exata, uma pista para um caminho coerente por entre aquele labirinto de dorsos suados e barulhos, a areia dura e infinita.

6.

"Pai!". Gritei com uma voz de alívio ao segurar o braço de um homem branco, da mesma altura que ele. Senti o movimento brusco de seu braço e vi seu rosto, com um olhar que misturava medo e confusão, formar uma careta. Este mesmo homem tentou me ajudar depois de alguns segundos de hesitação. Corri destrambelhada gritando repetidas vezes "Pai! Pai! Pai!", recusando a ajuda das outras pessoas, que agora me contemplavam assustadas e apreensivas. "Pai!". Senti a força do agarro quase esmagar minha cintura e lembro de tentar arranhar o rosto da pessoa que me segurava, até o momento que ouvi sua voz e senti o hálito de cigarro e cerveja velha. "Calma, minha filha, calma". Meu pai me segurava forte, estava com o corpo molhado, minha mãe estava atrás dele, correndo em nossa direção. Ela chorava e parecia ter dificuldades de respirar, ele permaneceu firme, me segurando contra o seu ombro.

7.

Aquele dia ocupou minha cabeça quando me deitei no final da noite de ontem. A mistura do luto com a presença daquele homem fez com que as memórias de nossos episódios voltassem a mim, ora com sentimentos bons, ora como se fossem uma assombração. A lembrança deste dia, deste momento que pareceu eterno na minha cabeça de menina, mas que não deve ter durado mais que dez minutos, reaparece com a mesma dúvida recorrente: por que só chamei por ele? Por que a palavra "mãe" não saiu de minha boca naquele momento de desespero? Não sei muito bem se isso tem uma resposta adequada e gostaria de fazer algum tipo de elaboração para que essa memória tivesse outro sentido, mas não sei se sou capaz.

VIII

1.

Desperto suada. Hannah me olha com aspecto apreensivo. "Você estava se debatendo, tive que te segurar por causa da criança". Maria dorme a poucos centímetros de nós. Limpo as remelas dos olhos e vou à cozinha, ligo a cafeteira elétrica e me apoio no balcão. Divido um comprimido de Carbolitium 300mg em dois e engulo uma de suas metades a seco. Meus remédios estão acabando. A máquina de café emperra e uma fumaça é expelida de onde deveria sair o líquido. Amaldiçoo a mania de Hannah de comprar pequenos aparelhos para tudo — máquina de café, de arroz, de aquecer água, aspirador robô, assistente virtual, de lavar louça —, busco em outra gaveta o pano velho com suporte de arame que minha mãe me dera quando saí de casa para fazer faculdade:"a cada ano você troca o pano, o arame é bom" ela disse enquanto enxugava as lágrimas.

Aqueço a água numa leiteira de ferro, o aroma forte e amargo ocupa a cozinha, saco o celular do bolso e clico mais uma vez no ícone para executar a mensagem de voz enviada ontem de madrugada por um contato que ainda não nomeei, é apenas um conjunto de números e uma silhueta cinza no lugar da foto.

2.

"Filha, boa noite! Desculpa a hora.... Acho que eu te falei umas coisas pesadas ontem, né... Tchê, me desculpa, é velório, é tua mãe, é te encontrar de novo... Tu parece bem... Eu tinha te visto nuns jornais, essas coisas da tua profissão, tu é doutora, né, acadêmica... Mas então, filha, eu tenho um convite pra te fazer, um convite e um pedido... Me encontra pra almoçar na segunda-feira? Vou te mandar o endereço. Beijo, filha!"

Sem que eu percebesse, Maria engatinhou até a cozinha e se postou ao meu lado. Quando a vejo, ela está parada diante dos meus pés, olhando em direção ao telefone, hipnotizada pelo cheiro que exala do coador e pela voz que emana do celular apoiado na bancada.

3.

Ergo minha filha e a apoio em meu colo. Por alguns instantes imagino qual seria o seu nível de compreensão de tudo que está acontecendo em sua vida, que mal começara: a ausência da avó, a presença conturbada de Cláudio, meu relacionamento com Hannah e Alberto ao mesmo tempo. Ao fim dessa deriva de pensamentos, acabo por admirar sua incapacidade de entender as coisas.

Tento fazer com que ela coma frutas amassadas e ela parece gostar de banana com farinha de aveia e mel, apesar do ritual estranho: assoprar a farinha, passar o dedo no mel e só depois abrir a boquinha para que eu leve a colher até ela. Do quarto, ouço a estranha versão de "Cordeiro de Nanã", dos Tincoãs, misturada com algumas palavras em alemão, que aprendi a apreciar depois desses anos dividindo a vida com Hannah. Lembro da minha surpresa quando a conheci num jantar oferecido a um grupo de pesquisa em história da arte, vindo da Universidade Livre de Berlim: Hannah Strasse, a doutoranda alemã que gosta de cerveja Itaipava e música dos Tincoãs.

Penso em comentar sobre a mensagem de Cláudio. Ela busca um pão integral dentro do armário e me pergunta como foi a aula em Berlim. Digo que foi boa, que o público recepcionou bem minha apresentação sobre a ideia de que as artes plásticas do século XIX fizeram da pele negra um objeto para representar projetos de país, que naquela época Brocos era um propagandista de um país em estado de embranquecimento e fazia suas telas para demonstrar ao mundo que era possível entender e desconstruir o negror da pele. Seu orgulho por mim é evidente. Hannah se empenhou para que esta interlocução com a academia europeia acontecesse.

Ainda com um naco de pão na boca, me pergunta distraída: "Agora que eles fizeram o convite para você dar aula em Berlim, você acha que a gente consegue se mudar até o fim do semestre? Seria bom pra negociar o fim desse aluguel". Pego um pedaço de pão e mastigo-o em movimentos lentos, depois abraço Maria e Hannah. Ficamos por um momento naquela cena, saboreando o silêncio.

Ela parece perceber que não é hora para conversar sobre uma mudança de país, mesmo que sua expectativa de que isso aconteça seja bastante evidente — "Assim a gente pode começar uma vida nova em Berlim, nós três juntas", ela me disse quando começaram os rumores de que eu poderia, de fato, lecionar na Alemanha. Seu rosto transparece que ela sabe que foi insensível ao puxar esse assunto na manhã posterior ao velório de minha mãe "Vamos fazer uma coisa gostosa hoje à noite", ela diz enquanto me beija e acaricia os cabelos de Maria.

Desisto de comentar sobre o convite de meu pai, mas aceito o dela. "Vamos cedo, às dezenove, para amanhã você estar mais descansada. Deixo a criança na creche". Embarco em sua pequena organização mental. "Vou ver se o Alberto fica com a Maria hoje", sugiro. Ela concorda à sua maneira, seguindo a vida numa tarefa prática. Começa a lavar o pano do coador e me pergunta o que aconteceu com a cafeteira. Retorno os olhos para o celular e vejo que Cláudio me enviou um endereço, o número 34 da Rua Hércules Florence, é no Centro da cidade, perto do hotel. "Não te atrasa, meio-dia.", sua mania de pontuar as mensagens continua.

4.

Depois que sugiro passar esse período na casa de Alberto, Hannah me diz que almoçará com o seu orientador. A manhã é calma, reviro meus diários nas pastas do computador, uma vida de registros, tentativas de agarrar o tempo e transformá-lo em algo lógico, mais um de meus projetos intelectuais. Retoco palavras e corrijo anotações em meus registros, ora relembrando o nome de uma música importante da minha infância, ora corrigindo uma data de publicação de um dos tratados de artes plásticas do século XIX, que agora sei de cor.

Já são quase onze. Estou atrasada, a família do pai de Maria almoça cedo. Pego a bolsa azul escura e de alças beges: lencinhos, pomada, sabonete líquido, dois pares de fraldas descartáveis, duas trocas de roupa. Sei que Alberto reclamará ao ver a mala e dirá que tem tudo isso em sua casa, mas levo-a mesmo assim.

Carrego Maria até o escritório de Hannah. Ela está numa chamada de vídeo com sua família. Seus pais acenam para a câmera assim que nos vê. Eles testam palavras em português, Hannah pega Maria no colo e a vira para lá e para cá, depois comenta algo em alemão, seus pais concordam. Coloco outra vez Maria em meus braços e me despeço, eles retomam a conversa.

O trânsito livre de domingo torna a Marginal Pinheiros um caminho fácil, dirijo com calma, observando de tempos em tempos o corpo de Maria adormecido em sua cadeirinha. Alberto diz que a facilidade em dormir dentro de automóveis em movimento é uma das suas heranças genéticas para nossa filha.

Saco o celular para responder à mensagem, para dizer que não poderei chegar a tempo do almoço, negar com um motivo de trabalho e não propor outra ocasião. Seguro o telefone enquanto o sinal vermelho sustenta um silêncio dominical. Desisto.

Abro o aplicativo de celular, seleciono o disco “No Compasso do Criador”, de 1996, e deixo esta decisão para outro momento. Com o canto do olho observo se Maria reage à música, seu sono é pesado, a luz verde acende.

IX

1.

A primeira vez que escutei a palavra "overdose" saindo da boca de alguém de minha família foi durante uma Olimpíada de História. Eu estava no ensino médio, fiz uma prova e ganhei uma bolsa integral num colégio particular em Pinheiros. Meus pais ficaram orgulhosos de verem a filha usando uniforme de escola boa e não se importaram com o endividamento que veio com o custeio de transporte, alimentação e materiais escolares que, mesmo com a bolsa, sequestravam nossa renda.

Nessa escola havia muitos meninos brancos, muitas meninas brancas, alguns meninos pretos, eu e a faxineira, que calhou de ser vizinha da minha mãe. Neusa me acompanhava no trajeto de ida e volta. Ela era uma negra gorda, atarracada e retinta, eu era magra, de cor marrom, muito alta e desengonçada. O cabelo da Neusa era diferente do meu, sua forma de falar, seus gestos, também. Nós não tínhamos uma relação afetiva, ela só segurava minha mão na hora de entrar no ônibus ou atravessar a rua. Mesmo assim, cresci me acostumando a ouvi-la dizer, repetidas vezes, “Não, ela não é minha filha”.

Nos primeiros meses, conheci os pais de muitos colegas e percebi que os meus eram os únicos que nunca iam à escola. Foi esta associação que fiz quando vi o cartaz anunciando as Olimpíadas de História do Colégio Aveiro: “O prêmio consistirá em uma medalha, uma homenagem pública para o aluno e seus pais e um jantar oferecido pelo Rotary Club”, diziam as letras finas do pôster.

2.

Quando adolescente, tinha a impressão de viver dentro da minha cabeça. Parecia palpável a distância entre o mundo que existia dentro de mim e o mundo que eu via sendo compartilhado pelas outras garotas e garotos da minha idade. Sentia uma inadequação cotidiana, um deslocamento que me arrebatava.

Nossa casa ficava numa viela chamada Rua Maravilha que, como todo logradouro com adjetivo superlativo, era um pedaço bastante depredado, cheio de moradias construídas em mutirões improvisados por famílias trabalhadoras que iam, todos os dias, ao Centro de São Paulo. Na esquina entre a Maravilha e a Boa Visão, uma roda de garotas ensaiava todos os dias a coreografia de "A Nova Loira do Tchan". Eu folheava os volumes grossos da Enciclopédia Brasileira Globo.

Meu quarto tinha as paredes brancas e o chão de piso vermelho escuro, do mesmo cimento que a sala. Tinha uma cama de ferro tubular, de cor roxa, com decalques dourados um pouco enferrujados. Na frente da cama havia um guarda-roupas feito de madeira compensada, de cor mogno, e uma penteadeira grande, com um espelho enorme. Quando atingi a adolescência, comecei a decorar as paredes do meu quarto com pôsteres de bandas. Tinha fascinação por Avril Lavigne, Alanis Morissette, Paramore, Green Day e Linkin Park, e amava a forma como Usher dançava, mesmo não gostando muito das músicas.

Mas nada se comparava ao que sentia pela dupla russa t.A.T.u. Decorei a letra de "All The Things She Said" e sabia que seu clipe passava de madrugada na MTV Brasil. Esperava para assistir escondida. O pôster delas, que comprei de um cara estranhíssimo na Galeria do Rock, mantive guardado dentro de uma gaveta da penteadeira. Hoje, até acho que Hannah é um pouco parecida com a Yulia Volkova, mesmo depois de descobrir que as insinuações da dupla eram uma armação nojenta forçada pelo produtor da banda.

Nessa fase da vida, meu quarto era o lugar em que eu passava a maior parte do meu tempo. Preenchia as noites com a busca por fóruns para ler sobre músicas, séries e filmes, e a partir dessa busca, achava uma vazão para a minha timidez nas trocas de mensagens. Aprendi que os melhores bate-papos eram aqueles com temas específicos: fórum de discussão da série "Lost", de hard rock, de artes plásticas e de fotografia. Comecei a passar cada vez mais tempo pulando de link em link nos menus laranja e branco das salas de conversa do Universo Online.

3.

Na primeira Olimpíada de História, fiz um trabalho sobre Tarsila do Amaral. Pedi para que Neusa me acompanhasse até uma loja de livros usados na Praça da Sé. Recolhi uma pilha de livros didáticos de história e de artes e recortei deles tudo que encontrei sobre as obras da artista. Depois, peguei uma cartolina grande e colei nela as pinturas que consegui coletar, em ordem cronológica: "A Negra" (1923) — que secretamente achei um tanto parecida com a Neusa —, "A Cuca" (1924), "Manacá" (1927) e seus dois clássicos, "Abaporu" (1928) e "Operários" (1933). Com um barbante, liguei cada uma das figuras, usei papel crepom e canetinhas para deixar tudo muito colorido e, ao lado dos quadros, colei um retrato de Tarsila do Amaral.

Escrevi à mão um texto sobre a importância de Tarsila para a arte brasileira, uma artista mulher representando o Brasil. Os professores do Colégio Aveiro ficaram embasbacados e meus colegas reagiram com um misto de admiração e inveja, uma reação que só fui entender mais tarde — quando me acostumei com o papel de negra surpreendentemente esperta —, que é a sincera cara de "não é possível que você consiga fazer isso".

4.

No fórum de discussão de hard rock, conheci o Sawyer80. Ele dizia gostar muito dos meus tópicos, mesmo tendo um gosto musical diferente. Começamos algumas conversas aleatórias, ele topou falar o verdadeiro nome se eu falasse o meu. Eu não me chamava Hayley92 e estava fazendo uma concessão, porque o papo era muito bom e porque ele se chamava Douglas Santos Moreira, tinha 23 anos e fazia pós-graduação em geografia, eu, Macária de Jesus Vecchio, tinha 14 anos de idade e ele dizia: "Você é muito madura para uma adolescente".

Ele me enviou seu endereço do MSN. Adicionei logo em seguida. Seu status tinha um daqueles macetes para mostrar a música tocando no computador. Quebrei a cabeça para aprender como fazer aquilo. Ele ouvia música o tempo todo, gente que me era estranha: Arrigo Barnabé, Maurício Pereira, André Abujamra e uma série de outros nomes. Ele nunca me chamava para conversar. Mandei três "oi" seguidos. Não obtive resposta.

Minha mãe batia a calça de meu pai contra a pedra do tanque, ele roncava ao dormir de barriga para cima.

5.

As Olimpíadas de História do Colégio Aveiro aconteciam em agosto e lembro de minha mãe ter me vestido com três camadas de roupas porque a premiação era ao ar livre. Parecia uma boneca com as articulações travadas por aquele tanto de tecido. Dona Dalva passou duas horas me arrumando: um vestido de cetim roxo e uma sandália de cristal, comprados só para aquela ocasião, muito laquê no meu cabelo e até um pouco da maquiagem dela. Por cima daquilo tudo, uma blusa fina e um casaco grande e grosso.

Ela chorou quando recebi a medalha. No jantar oferecido pelo Rotary, Tio Patrício nos acompanhou. O evento aconteceu no quintal de uma mansão antiga e bonita da Avenida Higienópolis. Serviram uma milanesa grande. Meu pai não pôde me ver recebendo o prêmio, disse que ele precisava, outra vez, trabalhar, mas ouvi de meu tio a palavra “overdose”. Ganhei essas Olimpíadas três vezes seguidas. Além do trabalho sobre Tarsila do Amaral, um outro sobre Mário de Andrade e o último, quando já estava ingressando no ano final do ensino médio e comecei a participar de reuniões em um cursinho composto por militantes políticos de esquerda, sobre a pintura de pessoas negras nas artes brasileiras. Ali, conheci um autor fascinado em pintar mulheres de pele preta, um espanhol bigodudo. Em todas as vezes que ganhei as Olimpíadas, serviram a mesma milanesa no Rotary. Em todas as ocasiões, meu pai teve que trabalhar.

6.

Quando ganhei a segunda Olimpíada de História, enfeitei a sala de nossa casa com mais um quadrinho. Naquela época, a ânsia de sair de casa alcançou um outro patamar, queria outra vida, uma fuga, alguém de longe.

Eu e Douglas marcamos um encontro. Seria mais adequado dizer: ele aceitou me encontrar. Minha timidez adolescente da vida real não era expressa nos ambientes virtuais. Queria que Douglas se interessasse por mim. Que ele e os outros homens mais velhos que usavam codinomes estranhos, falavam-me sobre literatura e música contemporânea e elogiavam minha maturidade, se interessassem por mim.

Tentei algumas vezes introduzir o assunto de talvez comermos um lanche no shopping, tomarmos um refrigerante — fanta sabor maçã verde, edição especial, meu favorito —, mas Douglas sempre se esquivava. Ora falava que tinha de estudar, ora falava da família, que andava mal. Mas um dia ele aceitou: um lanche, no Shopping Santa Cruz, era o mais fácil de chegar. No próximo domingo.

Testei três conjuntos de roupas e, enquanto os testava, me dei conta: era a primeira vez que me encontraria com um homem naquelas circunstâncias. Não lembro de ter achado estranho o fato dele ter quase o dobro da minha idade. Não soube precisar muito bem se aquilo se trataria de um "encontro", deixei para decidir depois. As conversas com Douglas eram boas e eu até o achava bonito pelo seu Orkut cheio de fotos com camisetas estampadas com capas de discos. Vesti uma blusinha preta e rosa, com estampa de caveiras brancas, uma saia jeans com rebites e um All Star cano alto. Disse para a minha mãe que encontraria Brenda, uma amiga da escola, em Pinheiros, e voltaria à noite.

Cheguei à praça de alimentação um pouco mais cedo do que o combinado, isso me deu alguma chance de observá-lo à distância. Marcamos às três da tarde, ele chegou três e dez: camisa de flanela, uma camiseta com estampa de disco do Milton Nascimento, calça jeans um pouco rasgada e All Star preto. Me pareceu mais velho do que nas fotos, com uma acne mal curada coberta por uma barba cheia e um cabelo castanho liso. Sua pele rósea e sua respiração pesada me confundiam sobre se aquela reação era por estar atrasado ou nervoso. Eu também estava com uma respiração estranha e minhas axilas e o interior das coxas suavam. Me levantei, dei dois passos na direção de Douglas, depois dei meia volta e saí dali o mais rápido possível, tropeçando em algumas cadeiras da praça de alimentação. Na volta, encostei a cabeça no vidro do ônibus e não consegui enumerar sequer um motivo para ter fugido. Nos meus diários, intitulo esse evento como "meu primeiro encontro".

7.

Minha mãe me esperava sentada no sofá da sala. A tela do computador estava acesa. O curso de inclusão para informática, me lembrei na hora. "Macária de Jesus Vecchio, vem aqui!". Me sentei ao seu lado.

Ela começou seu sermão e a cada uma das suas broncas e conselhos sobre a vida e sobre o perigo que os homens representam minha cabeça viajava para algum canto desagradável da minha vida naquela casa. Ela dizia que eu estava proibida de usar o computador, e eu lembrava de meu pai chegando em casa com cheiro de alcatrão, cevada e cana de açúcar; ela falava que sair sozinha com homem não era coisa pra menina da minha idade e eu a imaginava lavando cuecas imundas, camisas sociais ensopadas de suor; ela me perguntava se Douglas havia me tocado, se algo havia acontecido.

Respondi dizendo que fiz o que queria, que ele era ótimo, mas sem inventar nenhum detalhe, apenas repetindo "ele é ótimo, o Douglas, ele é ótimo". Tentei ir para o meu quarto, mas paralisei ao ouvi-la dizer: "Isso tudo é pro seu bem! Nesse mundo existe muito homem ruim!".

"Quem é você, mãe, pra reclamar sobre homem ruim? Quem é você pra questionar com quem eu saio? Homem ruim, homem ruim... Aquele bêbado entrando em casa de madrugada, entra aqui por quê? Ele tá invadindo a casa ou você não prestou atenção naquele homem ruim?". Não percebia as palavras saindo de minha boca, fiz aspas com as mãos e usei um tom idiotizado, com caretas e um ritmo lento ao falar "homem ruimmmm". Ao terminar de pronunciar o último "m", senti o baque na bochecha esquerda, minha pele ardendo ao final do estalido do tapa. Minha visão se turvou. Ainda surpresa e estonteada, observei-a tossir até envergar as costas.

Ela secava as lágrimas e repetia quase catatônica a expressão "Sempre, sempre, sempre", como quem buscava num emaranhado confuso de agulhas o equipamento certo para fazer uma costura. "Sempre, minha filha, aquele bêbado idiota vai ser seu pai pra sempre. Um dia você vai entender". Virou-se e foi embora.

Busquei fazer algo para romper com aquele imobilismo. Fui à cozinha e a pia estava cheia de louças sujas. Pude ouvir o estampido seco da porta e depois o silêncio de sua ausência repentina.

Peguei as luvas amarelas penduradas num prego cravado nos rejuntes dos azulejos e, sem pensar no motivo para aquilo, ou mesmo se aquele ato necessitava de alguma motivação, iniciei a lavagem das louças da maneira como minha mãe me ensinara: primeiro separei talheres, copos e pratos, depois pus um pouco mais de detergente líquido na esponja, para então começar a lavar as peças na sequência que vai dos objetos menos gordurosos, os copos, para os mais ensebados, a fôrma de bolo, as panelas. Enquanto lavava as louças, tive uma crise de choro.

8.

É impossível que meu pai não tenha percebido nossa briga. A marca ficou em meu rosto, eu e minha mãe nos ignoramos durante todo o almoço do dia seguinte. Mas ele não fez nada. Sentou-se à mesa, comeu em silêncio. Fiz uma piada sobre como deve ser difícil viver de ressaca, a qual ele respondeu com um "É, deve ser difícil mesmo" num tom distante e distraído. Minha mãe me fuzilou com o olhar. Meu pai deixou metade da comida no prato, levantou-se e foi embora. Voltou dois dias depois, cambaleando, trancou-se no banheiro por quase uma hora.

Não entendo de onde veio a vontade de jogar na cara de minha mãe aquilo que via como seu fracasso enquanto mulher. Episódios como esse se repetiram durante toda a minha adolescência e eu sempre direcionava minha raiva para ela. Tratava meu pai como um fantasma, um inimputável, e a ela como um receptáculo das minhas frustrações.

Durante a madrugada, Douglas veio falar comigo. Estava chateado. Eu disse que precisei ajudar minha mãe no trabalho e que não consegui avisar a tempo. Continuamos nossa conversa por dois anos, encontrei-o diversas vezes, mas nunca o deixei me chamar de namorada. Ele me convidou para ter aulas em um cursinho pré-vestibular comunitário no qual era professor.

Passei minha adolescência com Douglas. Ele estava sempre falando da sua dissertação atrasada, mas também das festas, da vida no campus. Em determinado momento, vi naquela vida dedicada ao estudo uma porta de saída. Um jeito de deixar de enxergar minha pela janela limpa, cristalina e distante daqueles que veem tudo como um problema intelectual.

X

X

1.

A sala tem um rack de TV, dois sofás, um tapete felpudo — com o qual Maria tem desenvolvido uma relação de quase vício — e uma cortina fina que cobre a janela. A entrada da casa é o escritório de contabilidade que Deise toca com a ajuda de Alberto, o Fonseca's Contabilidade. Fonseca era o nome do pai, cuja presença está impressa no letreiro na frente da casa e numa foto grande, enquadrada em uma moldura de madeira de cor mogno, sustentada na parede acima da televisão.

Na foto, em um campo de futebol de várzea com chão avermelhado, um homem retinto e muito alto segura uma criança em seu colo e se apoia em uma mulher jovem que mal alcança a altura de seus ombros. O homem veste uma camisa de time com as cores azul e branca e tem um pouco de poeira na testa. Ednaldo Fonseca, zagueiro histórico do futebol amador de São Paulo. Uma cópia da foto de meu parto também repousa num porta-retratos, em cima da mesa de centro. A imagem de Hannah naquela sala — a única pessoa branca em toda a parede — sempre me causa espanto.

A mãe de Alberto mudou o nome da empresa de contabilidade para homenagear o marido. Alberto se tornou o homem da casa aos nove anos de idade. Esta solidão repentina e violenta fez dele um ser humano que me parece imune às intermitências da vida. Deise preparou arroz, feijão, macarrão ao molho vermelho, frango assado, maionese de batata e vinagrete. A mesa é colorida e, enquanto comemos, quase uma dezena de pessoas passa pela casa — primos, vizinhas, tias —, a casa de Deise é um ponto de encontro. Alberto é bonito, carismático, popular e uma pessoa com quem é difícil ter conversas reservadas.

2.

Alberto é a única pessoa da minha adolescência com quem mantive contato, vi-o crescer. Ingressamos na faculdade no mesmo ano, 2011. Cursou administração de empresas na Mackenzie, tinha uma bolsa de estudos integral e trabalhava para pagar os materiais. Apesar das escolhas parecidas e da proximidade geográfica, nessa época ficamos quase cinco anos sem nos ver. Sabia dele por algum comentário dos parentes, mas não prestava atenção.

Foi só durante um carnaval de rua, quando já estava ficando com Hannah, que o reencontrei num bloquinho. Era um homem enorme, com quase um e noventa de altura, vestindo uma fantasia de Chapolin Colorado. Ele puxou o martelo vermelho e dourado para o alto, gritou "Macá! Quanto tempo!" e veio me abraçar. Ele brincou "Que chique, a Macá com uma gringa!".

3.

Lembro de ter achado sua presença de uma ternura peculiar, mas invasiva, ele parecia uma pessoa adorável, mas que não sabia muito bem a hora de partir. Provavelmente pensei nisso por causa das circunstâncias desse carnaval. A fantasia de Chapolin Colorado deixava suas costas à mostra e ele tinha escápulas belíssimas. Foram as três coisas que percebi na primeira vez que o avistei: o desenho das costas, a fantasia vermelha e a sua inabilidade para perceber a hora de ir embora. Percebi nesta sequência, porque estava numa fila de bar, o único bar que vendia Itaipava em toda aquela região, e, quando me virei para perguntar à Hannah quantas ela queria, ele a beijava de maneira forte, profunda, quase a engolindo.

Meu primeiro pensamento saiu pela boca sem querer: "Palmiteiroooooo!". Percebi que ele ouviu. Sorriu, mas não se incomodou. Eu fiquei esperando eles acabarem, segurando duas latas de cerveja numa mão e uma caipirinha na outra. Depois ele quis me beijar. Recusei e fui inconveniente, para ver se ele ia embora. Não deu certo. "Foi a camélia que caiu do galho, deu dois suspiros e depois morreu", cantavam numa fanfarra que passava por nós. "É uma música de Alberto Porto, não é, Macá?", Hannah me perguntava, quase sem esperar a resposta. Alberto puxou uma garrafinha de sua pochete, deu um gole e me ofereceu. Aceitei, um gosto forte de anis atravessou minha garganta.

4.

Quando acordei, Alberto estava do meu lado, olhando para o teto. Hannah estava vestida e deitada em posição fetal num canto, eu e Beto estávamos com roupas mínimas. A cama era um borrão de glitter. Ele me olhou e riu. "Que merda, hein, me chamou de palmiteiro...". Tentei esboçar uma reação, mas ri também. Acho que acordamos bêbados. "A gente não fez nada, relaxa", ele disse com uma voz embromada. "Bêbado, eu não consigo transar bêbado por nada nesse mundo, não sobe, não vai, na hora do vamo vê, durmo. Mas a gente tava empolgado, hein, olha onde tá meu martelo do Chapolin".

O negócio de borracha vermelha e amarela estava enfiado na privada, ao lado de quatro latas de Itaipava, uma garrafinha de cachaça e uma edição alemã, de luxo, capa dura e, agora, muito purpurinada, de um compêndio de ensaios do Adorno. Dois dias depois me mobilizei para comprar outra edição, mas quando vi o preço tive de resumir minha restituição de danos a ficar me desculpando toda vez que ela lembrava dessa história, num jantar ou mesa de bar, rindo e acariciando meus cabelos. "Então, vocês têm um relacionamento aberto, ou foi só coisa de carnaval?". Lembro de achar essa pergunta curiosa, sua vontade de saber sobre nossa relação. Respondi que Hannah era minha amiga.

Alberto se levantou. "Não vai embora sem deixar o telefone, quero te ver depois do carnaval". Ele me olhou e depois olhou para Hannah. "Deixa um abraço pra sua amiga alemã". Saiu tentando fazer pose de conquistador, mas a fantasia amarrotada de Chapolin Colorado não ajudava.

Pegou uma caneta e escreveu o telefone no verso de uma nota fiscal do Eskinas Bar & Lanches, valor cento e trinta e quatro reais e quarenta e três centavos. Hannah acordou tempos depois, incapaz de falar português. Balbuciava algumas coisas que eu não entendia e andava pelo apartamento, ensaiando um começo de arrumação e gemendo de ressaca. Por algum motivo, não me importei em ficar e ela não fez nada no sentido de me mandar embora.

Até hoje ele me lembra deste episódio, faz uma vozinha feminina e infantil gritando "Palmiteeeirooooo" quando quer caçoar da minha cara. Respondo perguntando se ele não quer uma cervejinha para animar as coisas, ele reage mal, diz que seu problema com álcool tem um fundo familiar que ele ainda não superou. Mas depois sorri, sorri com uma quantidade surreal de dentes grandes e muito brancos, e diz que está fazendo terapia, que um dia isso vai passar.

5.

"Sinto inveja de você" São as primeiras palavras que digo depois que nossos lábios se desgrudam, estamos no seu quarto. Finjo que disse o que não queria, que troquei as palavras, mas sei que essa não é a verdade. Alberto também sabe. Parte do nosso laço vem dessa admiração que tenho por ele, por sua simplicidade resoluta no lidar com as coisas.

Alberto sabe que é preto, sabe que não tem pai e não precisa de rebuscamentos intelectuais para fazer dessas duas assunções motivos para seu orgulho, sua vontade de viver. "A diferença é que a vida me pergunta e eu respondo. Você não, você só discute a pergunta, preta", ele costuma me dizer.

Toda vez que fala a palavra "preta", fala com a boca cheia, pronunciando de maneira firme o som de cada uma das letras. Enquanto eu, busco em todos os idiomas que domino — preta, negra, afrodescendente, afrodiaspórica, sul global, black, negré — sentidos de precisão e eficácia que pressupõem uma objetividade de conhecimento que se pretende distante, indiferente.

"Eu também sinto inveja de você, preta. Mas você precisa entender que a gente agora é uma família. Você não vive estudando esse cara que dizia que a gente ia sumir do mapa, que ia ser o embranquecimento, e tudo mais? Cadê esse otário agora? Você tá dando aula sobre o cara que dizia que era pra você não existir, nem você, nem eu, nem a Maria, entende? Não sei se você entende". Ele responde com voz agradável, mas vejo que a expressão dele se encerra.

"Você é uma mulher incrível. Mostro os vídeos das suas entrevistas e aulas pra todo mundo. Meu celular vive sem espaço na memória. Mas se você decidir mudar de país...", ele inicia o assunto que ocupava um espaço tácito naquele quarto, seus olhos abrem um pouco mais e me encaram através do espelho do guarda-roupa. Estou sentada numa cadeira, ele está em pé às minhas costas, fazendo carícias no meu cabelo. "Eu vou ter que ir atrás dos meus direitos. Não coloquei alguém no mundo pra ficar vendo de longe. Já aceito esse seu negócio com a alemã, tudo bem, mas não quero te ver na frente de um juiz, entendeu? A gente tem uma família preta, e a gente vai continuar assim: uma família preta".

Suas mãos estão apoiadas nos meus ombros e, mesmo com o conflito inerente ao assunto, o carinho que compartilhamos nunca escapa, permanece ali, acompanhando toda a situação. "Se eu tivesse a oportunidade de conversar outra vez com o meu pai, eu conversaria", ele diz, distraído. "Ontem, no enterro da tua mãe, fiquei pensando nisso. É muito dolorido ele ter voltado, deixa tudo muito confuso, mas acho que é ainda pior se ele sumir de novo sem vocês conversarem". Seguro sua mão direita, levanto da cadeira e deixo que ele me abrace. Seu rosto se encaixa no espaço entre o fim do meu maxilar e o começo do meu ombro. Ao olhar no espelho, gosto da imagem que vejo, e, ao fundo, quando ouço o choro de Maria, fico feliz que ele é parte desse processo de quebra do sentido de embranquecimento, que nossa filha é como ela é.

Desço as escadas para acudi-la, Deise elogia meu cabelo: "Tá parecendo aquelas pretonas que cantam nos Estados Unidos, Macá! Tá linda!", duas outras garotas, que não conheço, estão almoçando e concordam com um menear de cabeça. A injeção de vaidade esquenta minhas bochechas, digo que tenho que ir, que tenho um compromisso e tento pedir desculpas por deixar Maria em sua casa, mas Deise interrompe a fala me abraçando e dizendo dos planos divertidos para o domingo com a neta.

Antes de entrar no carro e partir, deixo a mala com Alberto e combino de buscar Maria na segunda-feira. Ele resmunga falando que sabe cuidar da própria filha, que aquilo não é necessário.

É fim de tarde de domingo. Abro outra vez, no aplicativo de mensagens, a conversa com o número desconhecido e o respondo com uma figurinha que desenha a mão com o polegar para cima. Escolho, entre as seis opções disponíveis, a que apresenta a cor mais escura. Mudo o menu para o contato de Hannah e digo que não quero mais jantar fora, peço para ela preparar alguma coisa para comermos em casa, mas que só chegarei à noite.

Abro o aplicativo de mapa, digito o endereço que recebi pela mensagem de Cláudio e decido ir antes do dia marcado, no domingo mesmo, até aquela rua no centro da cidade.

IX

XI

1.

A mãe de minha mãe conheceu meu avô materno em um baile na cidade de Abaíra, uma vila incrustada na região rural da Chapada Diamantina. Ele era um negro com traços indígenas que tocava na banda de Piatã, cidade vizinha e mais desenvolvida que emprestava seu conjunto musical para as festividades. Ele tocava trompete. Ela se apaixonou durante uma de suas apresentações públicas no coreto da cidade. Os Bam Bam Bans de Piatã tocavam uma versão animada de "Cristo Nasceu na Bahia", clássico de Sebastião Quirino e Duque que a Dona Aurelina adorava desde criança.

O número de espetáculos aumentava em época eleitoral e o candidato à reeleição para a prefeitura da cidade, um fazendeiro que se filiara à Aliança Renovadora Nacional, mandava paus de arara buscarem toda a comunidade, para que as pessoas se reunissem na praça do coreto e assistissem a banda tocar. Aurelina não perdia nenhuma dessas oportunidades e, quando a idade lhe acendeu novos desejos, a figura de certos homens brilhou com mais intensidade diante de seus olhos, em especial o brilho que reluzia no metal de um trompete bem polido.

2.

Naquele momento, a vó ainda não havia aprendido a lição que ensinaria para suas herdeiras: nunca se apaixonar por músicos, ou negros, ou negros misturados com índios, ou todas as alternativas anteriores. A lição foi tão bem apreendida pelas filhas que eu só fui descobrir o nome do vovô — Dalvison Terra dos Santos — numa busca por documentos, o resto da família mal citava sua existência.

Dona Aurelina pariu onze vezes, sete bebês vingaram. A família morava numa casa simples, de chão batido, mas muito asseada. As pessoas de Abaíra eram vigilantes em relação às dinâmicas de higiene de seus vizinhos, sabiam se os lençóis estendidos nos varais estavam bem lavados, opinavam sobre como usar a vassoura de palha para tirar o excesso de poeira dos quintais e faziam troça se alguma criança — em especial as meninas — aparecia com cabelos desarrumados ou roupas puídas. A pobreza material daquela vila era compensada por uma espécie de competição não anunciada de organização e limpeza, que formava certa hierarquia tácita.

Estas formas de limpeza e organização não se resumiam ao aspecto material da vida. As famílias que não apresentavam um modo de vida limpo — um casamento, uma ordenação patriarcal do mundo, uma educação rígida para com as crianças — também entravam na roda de pequenas calúnias, que atuava como serviço informal de polícia dos costumes naquela região.

Nossa família sofria muito neste sentido. As intermitências de nosso avô informavam a indignidade familiar para o restante do vilarejo. A resposta de Aurelina era compensar a falta de controle em relação à sua condição afetiva com um investimento ainda maior nos punhos, esfregando as roupas, nos golpes fortes puxando cada fio de cabelo seu e das crianças.

Minha mãe era a mais velha dos filhos, seus irmãos tinham diferença de dois ou três anos de idade entre eles, que era o tempo médio que meu avô passava longe de casa em turnês pelo Nordeste, tocando pelo interior da Bahia ou morando na mesma cidade, mas com outra família. Pouco depois de Dalvinha completar dez anos, a primeira igreja evangélica chegou à vila. Um pastor branco e grande veio vestindo roupa social, com uma maleta cheia de bíblias. "Igreja Batista, o nome do templo, mas pode dizer que é a casa do Senhor!", dizia o homem de cabelo avermelhado e aspecto suado.

3.

Dona Aurelina era a benzedeira da cidade, fazia alguns trabalhos de cura, e o pastor Tomás tentou proximidade com ela para que eles pudessem, juntando forças, "salvar essas almas tão pobres", como ele mesmo contava. Tomás tinha uma lábia fácil e convenceu a vovó a persuadir as pessoas que iam se benzer com ela a frequentarem a igrejinha, erguida a pau a pique num terreiro da cidade. Passo a passo, ela foi abandonando a mescla sincrética de catolicismo, candomblé e ritual indígena e incorporando a atitude evangélica. Sua filha mais velha, Dalva, seria feita em imagem e exemplo da nova obra divina.

4.

Dalva foi criada como uma evangélica exemplar. Tomás lhe deu sua primeira bíblia, de onde ela aprendeu todos os salmos. Já vovó lhe deu os conselhos que uma mocinha como ela precisava ouvir para crescer dentro das graças do Senhor. Era comum que Dona Aurelina carregasse Dalvinha pelo braço pelas ruas da cidade e lhe desse exemplos ostensivos, usando as pessoas para mostrar o que sua filha não devia fazer. Uma mulher bebendo no bar. "Não seja esse pecado". Um morador de rua. "Olha, Dalvinha, que tristeza essa alma que não entende os mandamentos do Senhor". E, principalmente, os homens. Minha avó apontava para a grande maioria dos homens e falava para minha mãe ter cuidado com aqueles tipos. Coincidentemente, "aqueles tipos" eram sempre homens parecidos com seu pai.

5.

Quando minha mãe fez dezoito anos, minha avó pediu que o pastor Tomás cuidasse da viagem dela para São Paulo. Aquele era o destino manifesto dos retirantes. Dalva poderia ser uma trabalhadora na cidade grande, guardar dinheiro e retornar para ajudar na criação da família, que ainda contava com muitas crianças. O pastor arranjou tudo: uma casa para ficar, uma congregação para frequentar e um primeiro emprego numa empresa de faxina, a Limpetex.

Pouco tempo depois de chegar na cidade, Dalva foi alocada como parte da equipe de faxina da universidade. Foi ali, numa das trocas de turno, que ela percebeu a presença do branco bigodudo, compenetrado no manuseio de papéis do departamento de finanças. Ela não sabia, até conhecê-lo, que aquele era o seu primeiro dia no departamento, que ele acabara de ser contratado.

Alguns meses depois de se conhecerem, Dalva aceitou almoçar com Cláudio, Cláudio aceitou ir para a igreja com Dalva. Minha mãe sempre disse que o que a encantou foi o "jeito de homem sério" com que o bigodudo se portava. Estar sempre de roupa social e barba muito bem-feita, com seu sotaque meio interiorano, meio de gente do sul do país, fazia com que ele transparecesse ser um homem que dava importância ao emprego e, ela imaginou, à família. Cláudio nunca disse muito bem o que ele havia visto nela, resumia sua afeição a palavras curtas e a uma piada sem jeito, "Quando eu vi, já era tarde pra separar", ela parecia achar uma sincera graça naquilo e sempre ria desbragadamente.

6.

Nunca recebi grandes elogios de meu pai, nem beijos extravagantes, nem nada que ressoasse o modo como os pais de outras meninas — principalmente das que, como eu, ganhavam prêmios — as tratavam. Nas vezes em que ele conseguiu estar presente para me ver apresentar algo, um "muito bom, filhota" era seu máximo elogio aos meus feitos infantis, de resto, era só "filha", "Macá" ou "Macária" mesmo. Os vocativos que usavam entre eles também não eram dos mais criativos. Minha mãe às vezes chamava Cláudio de “Amor” e só usava seu nome para situações de briga, Cláudio a chamava de Dalva.

XII

1.

Não sei o que vim fazer aqui. No caminho, passei em frente ao hotel em que deixei meu pai na noite anterior. Se na madrugada esse lugar parecia um escombro, agora parece apenas abandonado, um prédio vazio. Há alguma luz que acende e apaga de forma intermitente, uma sombra que se desenha e desaparece através da janela remendada. Permaneci por algum tempo com o carro estacionado na frente da porta do Hotel Glória, mas depois segui até a rua Hércules Florence.

Desço do carro, a atmosfera do ar condicionado contrasta com o calor poeirento. Vejo em minha frente um muro branco rajado por dois canos grandes de exaustão de ar e, entre estes canos metálicos, uma placa azul. Um logotipo do governo do estado de São Paulo e ao seu lado, em letras garrafais cor de laranja, “BOM PRATO”. O lugar está fechado. Dois homens dividem um papelão na calçada, um cachorro magro brinca com uma sacola de supermercado.

A calçada está repleta de gente sem destino: moradores de rua, entregadores de comida por aplicativo, desempregados. Minhas roupas de alfaiataria e brincos de capulana africana se misturam, com dificuldade, entre os coletes de motoboy, trapos, camisas compradas em brechó de igreja evangélica. Ao me deparar com aquele cenário, consigo formar em minha cabeça uma imagem bastante real sobre como deve ter sido a vida de meu pai durante o tempo que nos afastamos.

O movimento do Centro não é nem sombra do caos dos dias úteis. Procuro um estacionamento pago, desses que cobram por hora. O dono do lugar estranha a minha presença. Começo a caminhar e o calor já não me abala tanto, sinto crescer dentro de mim a vontade de observar outra vez aquelas esquinas e praças que até hoje significam pouco mais do que a decadência da minha figura paterna.

2.

Estou em frente à Praça Princesa Isabel e olho para a estátua de Duque de Caxias. Uma extravagância colonial tipicamente brasileira, um monumento de quase cinquenta metros para homenagear o pacificador do Brasil. A relação entre a arte e a colonização brasileira é antiga, umbilical. Brecheret, Victor Meirelles, Brocos, todos eles pintaram, esculpiram e escreveram uma versão da civilização brasileira que é, ao mesmo tempo, uma projeção sobre o futuro do país e um desejo colonial. Fico pensando no que Brecheret pensaria se soubesse que seu monumento em homenagem ao "pacificador" agora serve como sombra para homens e mulheres que não têm para onde ir, embriagados de droga, de cansaço, de desilusão, de fome ou de tudo isso ao mesmo tempo e que, vez ou outra, olham para cima encarando aquela escultura em bronze.

"Senhora, com licença, não quero te atrapalhar, não...". Sinto um toque em meu ombro e uma voz feminina falar com cuidado estas palavras. É uma mulher muito preta, muito magra e com os cabelos pintados de amarelo, que segura uma garrafa plástica redonda. Seu hálito tem um fundo de álcool velho. Sua presença ao meu lado me parece estranhamente confortável.

3.

“Aqui era um local que meu pai frequentava muito, sabe, Pâmela? É engraçado. Já vim várias vezes, mas sempre me dá a sensação de ser a primeira”. Nós estamos sentadas em um dos bancos da praça, depois de irmos a um mercado vinte e quatro horas comprar sanduíche, refrigerante e uma outra garrafa de cachaça. “Vinha ver os amigos”, ele dizia. Saía do trabalho, parava para beber nos botecos da General Rondon e da Conselheiro Nébias e depois ia para a praça em busca de algo mais forte. Às vezes ele voltava para casa na mesma noite, às vezes demorava um pouco mais e às vezes meu telefone tocava com algum número desconhecido me falando dele, pedindo ajuda”. Pâmela morde o sanduíche e balança a cabeça em gesto afirmativo, com ar de quem já ouviu histórias como aquela mais de uma vez.

“Um bigodudo gaúcho, Cláudio. Você conheceu?”

“Sei não, tem muita gente aqui. Mas não lembro de ter conhecido um gaúcho, não.”

4.

"Eu sempre me perguntei como é pra uma mulher viver assim, na rua". Tomo um pouco da cachaça de Pâmela, é a pior coisa que eu já coloquei em minha boca, mas não tenho vontade de parar. "Não sei por que, mas sempre tive essa impressão de que morar na rua é uma coisa masculina".

"Tem muita mulher na rua", Pâmela responde enquanto faz um movimento no ar com os dedos da mão esquerda, parecendo hipnotizada por alguma coisa. "Mas é muito solitário. A gente acaba se sentido sozinha no meio de tanta coisa, tanta ameaça...". Ela se dispersa outra vez, mergulhada dentro de si. "O que que você faz da vida, Maiara? Você parece do tipo bem arrumada".

"É Macária, meu nome. Ma-cá-ri-a". Marco as sílabas enquanto deixo escapar um riso involuntário ao perceber o esforço pedagógico e um pouco ridículo da situação. "Eu sou professora, sou professora universitária".

"Profissão boa. Minha filha também é". Ela me aponta o outro sanduíche dentro da sacola verde e eu digo que não estou com fome. "Sua filha também é professora?", pergunto, e percebo que aqueles três goles de cachaça barata já me deram uma certa náusea. "Uhum. Professora de criança, lá em Santo Amaro. Tenho orgulho dela. Imagina, uma filha professora... Seus pais devem ter muito orgulho de você".

"Não sei dizer se meus pais sentem orgulho de mim... Não sei mesmo. E como é com a sua filha? Vocês se falam?". Desvio do assunto, mas não consigo deixar minha cabeça escapar da pergunta: meus pais sentem orgulho de mim?

"Eu tento não atrapalhar. Ela vem aqui às vezes, a gente conversa sobre a vida, têm uns dias que eu passo na casa dela também, pra descansar um pouco", ela comenta com uma leveza bem resolvida.

5.

Pergunto sobre o Hotel Glória e Pâmela diz que ali é um bom lugar, confortável e sem muita confusão, mas que a dona é uma megera. Digo que meu pai está hospedado nele, ou pelo menos foi onde o deixei ontem à noite.

Ela me pergunta por que não fui visitá-lo e fico sem saber o que responder. "ele passou muito tempo na rua... Vim muitas vezes nessa praça resgatá-lo, sabe, Pâmela? No começo, quando meu telefone tocava pra esses assuntos, eu corria sem pensar, parava o que estava fazendo — estudando, escrevendo, bebendo em algum bar ali perto, na cama com alguém, dormindo — e chegava o mais rápido possível na praça pra procurar por onde ele andava, descobrir se já havia sido atendido, se podia fazer algo pra ajudar"

"Mas depois você cansou", Pâmela complementa a frase com um ar de previsibilidade. "Todo mundo cansa, mulher. Minha filha também cansou por um tempo. Isso de ajudar, de ser apoio de quem está nessa vida, é muito cansativo. Eu também fiz ela entender que eu queria estar nessa vida, sabe? Que não precisava tanto de ajuda assim, que precisava mais de companhia do que de ajuda. Mas sei que é difícil diferenciar essas coisas, companhia e ajuda, quando a pessoa em questão é assim", e aponta para si própria. Pâmela veste uma camisa de campanha nacional contra a dengue e shorts azuis. Sua pele exibe uma vitalidade impressionante, brilha contra o sol, e seu cabelos amarelos amarrados num coque repuxado lhe dão aspecto de personagem cartunesco.

"Há quanto tempo você tá aqui no Centro, Pâmela?"

"Difícil dizer... Porque eu venho aqui faz uns dez anos, mas eu 'estou' — seus dedos magros fazem um gesto voador de aspas, com uma mão livre e a outra segurando a garrafinha — tem dois anos, dois anos e pouco. Por quê?"

"Só pra saber... Aqui o fluxo de gente muda muito, né, com o tempo, você já deve ter conhecido muita gente".

"Muda, muda demais. Tem dois grupos: o fluxo, pessoas que aparecem, compram e vão embora, ou usam ali mesmo e depois vão embora, ou dormem três, quatro, cinco noites, mas uma hora vão embora, e gente que nunca vai embora. Eu era do primeiro e agora sou do segundo, entendeu? Tô quase sempre aqui, quase nunca vou embora", ela diz como quem apresenta uma aula introdutória sobre o assunto "vida na rua". Sua fala é pausada, didática, e é possível ver nos olhos de Pâmela a satisfação em dominar o tema.

"Acho que foi isso que aconteceu com o Cláudio... Foi do primeiro pro segundo grupo... Mas agora parece que parou de beber, tá se ajeitando", respondo com jeito de aluna que entendeu a matéria.

"Quando você se reencontrou com ele?"

"Ontem, no enterro da minha mãe. Fiquei quase dez anos sem vê-lo, até ontem."

"Caramba..."

"Pois é." Estendo a mão e Pâmela me entrega a garrafa de cachaça e oferece seus pêsames.

6.

"Você tem filho, Maiara?"

"Tenho uma", desisto de corrigi-la em relação ao meu nome, dessa vez, não faz mais sentido. "Um ano e meio, Maria".

"Nome da mãe de Deus! E a idade é linda, a melhor que tem", ela disse enquanto abre um sorriso largo.

"Pois é, mas cheia de medo também. Tenho muito medo de não saber o que fazer com ela... Não sei, nunca pensei em ser mãe, e aí aconteceu, e agora fico com essa sensação de que preciso fazer de tudo pra minha filha ter uma grande vitória na vida, pra ela ter do que se orgulhar... Pra ela não acabar..."

"Acabar assim?", Pâmela aponta para si mesma com uma pose caricata, como quem apresenta com gestos exagerados uma rainha de escola de samba.

"Eu não quis ofender..."

"Tudo bem, ninguém quer acabar assim... Seu pai, qual foi a história dele?"

"Acho que ele não aguentou a doença da minha mãe, ou meu desprezo por ele... Não sei."

"Acontece. Muita gente vem pra cá por um cansaço. A gente não sabe dizer do que a gente tá cansado, mas tá. E quando a gente vê...", Pâmela aponta para a garrafa e faz uma careta.

"Aquele dali é o Duque de Caxias...", sinto a bebida aquecendo minha garganta e um assunto aleatório saindo como resultado dessa mistura dentro do meu corpo.

"Quem?"

"Aquele, lá em cima...", aponto para a estátua com um gesto vago.

"Caramba... acredita que é a primeira vez que eu olho pra ela? Acho que nem sabia que tinha uma estátua lá em cima..."

"Pois é... Preciso ir embora, jantar com a minha namorada...", digo com a voz mole.

"Namorada? E filha pequena?", ela diz com um tom jocoso.

“Pois é... Não é tão proveitoso quanto parece, mas tem suas vantagens”, solto uma risada desbragada, “Prazer em te conhecer, Pâmela. Abraço forte”.

“Maiara...” Pâmela se dirige a mim, com um indicador em riste e segurando meu antebraço com a outra mão.

“Macária, meu nome é Macária...”, dessa vez, por algum motivo, quero que ela me chame pelo meu nome.

“Macária... Nessa coisa de filha, pai, mãe, a única vitória é não atrapalhar, entende? Parece pouco, mas não é.” Pâmela diz enquanto aponta a cabeça com o dedo indicador, numa mímica para confirmar, ainda outra vez, se eu havia entendido o que ela quis falar.

Meneio a cabeça com um gesto afirmativo, me e sigo a pé até o hotel onde deixei meu pai na última noite.

XIII

1.

Ele está na recepção do hotel e parece discutir alguma coisa com uma atendente branca, de cabelo grisalho e óculos grandes. A recepção é um balcão de fórmica, com uma televisão de quatorze polegadas dividida em quatro quadrados, transmitindo imagens esverdeadas de câmera de segurança, e um monte de papéis espremidos dentro de um fichário de couro. "Tchê, tu deve tá te enganando, já te disse". Sua voz mistura rouquidão, cansaço e braveza. A mulher responde, com ar professoral, "O senhor pagou por uma noite, seu Cláudio".

A mulher olha para mim buscando algum tipo de aliança inaudita contra um homem que parece incomodá-la, mas direciono meu corpo para ele, que agora tenta mexer no celular, mas parece não conseguir acessar o menu desejado, o que dá ao seu corpo um aspecto ansioso. "O senhor está bem?". Ele me olha com alívio. "Filha, tu tá aqui...". A mulher do balcão reage com surpresa. "Esse senhor é o seu pai?". Ignoro a pergunta e ela parece ignorar a expectativa de resposta. "O senhor tem que sair, suas coisas estão aqui,

aqui não é um albergue da prefeitura. Paga, fica, não paga, sai!".

Uma sacola de mercado com meia dúzia de roupas amassadas repousa em cima do balcão de fórmica. Dirijo minha palavra a ele. "Você pagou pelas duas noites?". A moça do balcão intervém. "Ele não pagou. Você acha que eu não sei contar dinheiro? Conheço bem esses truques de gente que vive na rua, de mendigo tentando dormir uma noitezinha a mais em hotel". Minhas pernas formigam e eu mando a mulher do hotel calar a boca. Meu pai paralisa com o som do meu grito. A dona do hotel diz que chamará a polícia.

2.

Ao sairmos do hotel, uma policial militar nos interpela. Ela o pergunta se está tudo bem e olha para mim com uma cara desconfiada. "Ela é minha filha e está me ajudando", ele diz. A PM parece satisfeita com a resposta, mas algo dentro de mim está balançado, fora de lugar, e quando vejo, já estou perguntando se sou algum tipo de perigo. A PM aparenta estar nervosa com a minha reação, mas não querer comprar briga. Ela diz que tenho que me pôr no meu lugar e isso me irrita ainda mais. Respondo "Você não faz ideia de onde é meu lugar" com uma braveza que remete, em tom e natureza, à discussão com a mulher do hotel. A policial desconversa, não parece tão interessada assim em defender os direitos da senhora com os óculos de armação de coruja, nem iniciar uma discussão comigo. Ela passa pelo hall e se prostra no balcão, as duas começam uma conversa.

3.

Vejo que ele me olha e algo em seu semblante reflete um quê de orgulho e espanto. Pego sua mão, seus dedos são magros e frágeis. Vamos em direção ao meu carro. Ajudo-o a entrar e, enquanto giro a chave na ignição: "Você está com fome? Acho que a Hannah deve ter preparado algo". Ele responde com um menear da cabeça e depois recosta no vidro lateral.

"Como é que eu vou saber se você tá só tirando um cochilo ou se você desmaiou de novo?", pergunto, forçando naturalidade, mas sem conseguir disfarçar a preocupação. "Bah... Acho que tu vai ter que me cutucar. Se tu me cutucar uma vez e eu acordar, é porque tô dormindo, umas três vezes, eu desmaiei, mas aí se for mais de três e não acordar...", ele solta uma risada rouca e autocomplacente.

O carro desliza pela marginal, é quase noite. Pego meu telefone e envio uma mensagem de áudio avisando minha companheira de que haveria uma mudança de planos, peço para ela nos arranjar pizzas e digo que vamos todos comer em casa, sem especificar quem seria o "nós" que está para chegar.

XIV

1.

Vê-lo no meio da minha sala, com uma postura de recato e humildade, é desconfortável. Há uma inversão acontecendo diante dos meus olhos, da minha memória adolescente em nossa casa humilde na Zona Leste até a imagem de seu corpo projetando sombra na “A Redenção de Cam”: ele sóbrio e adoentado, eu com um leve hálito de bebida barata e sentindo uma crescente vontade de tomar algum remédio que restaure minha concentração. Minha linha de pensamento é interrompida pelo som de suspiro assustado que Hannah exala ao perceber quem me acompanhava. Apresento-os com um gesto esquisito, mesmo sabendo que eles já haviam se visto no dia anterior.

Ela o cumprimenta e nos pergunta se estamos com sede ou fome. Nós dois não respondemos nada. Hannah se serve de um copo d’água e apoia seu corpo ao lado de duas caixas de pizza — que, posso adivinhar, são uma de sabor calabresa e outra de marguerita — um pouco úmidas do vapor exalado pela massa.

Permanecemos numa paralisia irresolvida por alguns instantes. Hannah pede para conversarmos a sós, assinto com um balanço da cabeça e depois peço para que ele fique à vontade. Enquanto lhe dou as costas, percebo que Cláudio ainda não se sentou no sofá, nem largou a sacola de roupas que está em sua mão.

2.

"Desde quando te conheço você fala mal do seu pai, você diz que é tudo culpa dele. Agora ele reaparece e um dia depois ele tá na sala da nossa casa?". Hannah mal espera que eu feche a porta do nosso quarto, seu nervosismo é uma novidade para mim.

"Sei que é estranho, amor." as palavras saem e sinto um retrogosto de cachaça. "Ele me mandou mensagem, me convidou pra almoçar amanhã, mas alguma coisa deu em mim de ir de encontro a ele hoje. Peguei o carro e fui no hotel, quando vi, já estávamos aqui, não sei se você entende..." Hannah presta a atenção nas minhas palavras, mas parece contrariada.

"Não entendo, mesmo, isso não faz sentido. Você vai deixar ele morando aqui? E o nosso plano, a Alemanha, você dar aula na Europa, como fica?", ela responde com uma voz ansiosa. Percebo seu esforço em contornar cada um dos sons para não deixar escapar nada em alemão, fazer-se compreender da maneira mais organizada possível.

"Você é muito controladora, Hannah!", respondo num ar de braveza, mas também de jocosidade, rindo de nervosa com a boa sensação que me dá dizer algo guardado há muito tempo. "Não é possível que alguém tão inteligente quanto você não veja isso. Você quer controlar tudo, toda hora, transformar em plano. Sei lá sobre o plano da Alemanha. Minha mãe morreu ontem e hoje não quero deixar meu pai sumir de novo. Não sei o que vou fazer com ele, mas nesse momento só não quero, mais uma vez, deixá-lo fugir. Entende? Não quero fugir e nem deixar que ele fuja. Preciso que você entenda".

A resposta vem em alemão, num grito seco e numa batida com a palma da mão na parede lateral. Ela se desculpa instantes depois, parece surpreendida com a própria reação. "Vou dar uma volta, Macá. Acho que vocês têm bastante coisa pra conversar. Vou deixar vocês à vontade, tudo bem? Tem duas pizzas na sala, são de..."

"De calabresa e de marguerita", respondo num tom caricato, ainda com lágrimas nos olhos. Ela ri, solta outra expressão em alemão, depois volta ao português. "Controladora, controladora, puta merda...". Ela me puxa pela nuca e me beija com uma urgência que não previ chegar, seus olhos estão marejados. "Eu já te disse que te amo, hoje?". Balanço a cabeça negativamente. Permaneço por alguns segundos naquele silêncio, sua vista parada em meus olhos.

Ela sai, com um sorriso no rosto. Eu fico mais um pouco. Do nosso quarto, ouço um "Bah!" admirado, saindo de uma voz rouca, seguido de uma resposta ríspida numa palavra cheia de consoantes e um comentário sobre a pizza.

3.

Ele está sentado no sofá, encarando em silêncio o quadro de Brocos. "A alemã é casca dura, hein? Deixa eu adivinhar... Aquele pretão alto é calminho?". O encaro com olhar de reprovação. Estamos ambos vidrados nas cores da tela. "Engraçado que desde a adolescência tu te pegou com essa pintura", ele diz sem virar o rosto. "Pois é. Me parece o retrato de um destino que eu tento evitar. Por isso que não consigo parar de pensar nele", digo sem me preocupar se ele entenderá do que estou falando. A fome embrulha meu estômago, levanto-me e vou até as caixas de pizza.

"Faz tempo que tenho um sonho recorrente, eu queria te contar...", digo enquanto mastigo um bolo de massa e calabresa acebolada e, ao dizer essas palavras, sinto que uma pressão em minhas costas começa a se dissipar. Ofereço-lhe um pedaço de pizza, ele aceita, sento-me ao seu lado. Nossas coxas se esbarram, ele faz um movimento de tentar um carinho em meu cabelo, mas hesita.

Ele me pergunta de que sonho estou falando. "O sonho do dia do concurso". Respondo e espero que ele tenha alguma reação, mas nada acontece, continua me encarando, com uma expressão de sincera curiosidade. Continuo e, enquanto falo, aprecio a sensação de liberdade que aquela fala traz ao meu corpo. "No dia do concurso, algum colega seu me disse que você tava passando mal, alguma coisa que deu errado...". Faço uma tentativa infantil de contornar a palavra que quero dizer, mas ele me interrompe: "Overdose? Te disseram que eu tava tendo um início de overdose?". "Isso". Digo e finjo bestamente me comportar como quem tivesse esquecido um termo.

"Nesse dia do concurso, me ligaram pra dizer isso e eu me recusei a te ajudar, entende? Desliguei o telefone, tomei um remédio e permaneci o mais concentrada possível até a hora do concurso." Ele está segurando o queixo com a mão direita, o cotovelo apoiado no joelho. Continuo: "Depois daquele dia você não entrou mais em contato, a mãe parou de falar de você e também não fiz mais nenhum esforço pra te encontrar. Até hoje sonho com esse dia. Mas, no meu sonho, decido te ajudar e quando abro a porta da minha casa, um monte de gente branca corre na minha direção e me bate, gente parecida contigo. É essa a sensação que fico: se eu tentar ajudar meu pai, não vou conseguir ser quem quero ser." Sua expressão é de espanto e é visível que sua cabeça está tentando processar uma quantidade grande de informações novas.

"Eu queria te pedir desculpas por não ter ido até a praça, mas não queria correr aquele risco, de ser roubada outra vez por você. Esse é o único pedido de desculpas que consigo fazer agora. Queria fazer esse mesmo pedido pra mãe, porque fiz a mesma coisa com ela. Tratei vocês dois como um pacote. Levava meus prêmios, carregava ela pra lá e pra cá para tirar algumas fotos, mas havia algo dentro de mim que dizia que para me proteger de você eu também tinha que estabelecer uma certa distância dela, porque eu sabia que ela nunca ia desistir de você. Ela nunca desistia de ninguém. Desculpa por isso."

Quando termino de falar, ficamos em silêncio. Ele pigarreia, tosse e me olha nos olhos. "Desculpa, filha, mas eu não sabia de nada disso... Na verdade, tu não tem nada pra se desculpar e eu não sabia de concurso nenhum... Aliás, eu nunca quis que te ligassem pra avisar de nada, ficava irritado. Mas tu sabe, né? O cara lá, jogado no chão, primeiro ligam pra família, depois pra ambulância. Nesse dia, faz uns dez anos, né? Foi um alívio tu não estar lá, me velando, perdendo teu tempo comigo. Dali pra frente ainda teve muito tempo de rua, bebida, droga, mas pelo menos não te atrapalhei... Quer dizer, tem esse teu sonho, espero que passe.

Fico mais orgulhoso ainda de você sabendo que tu não me ajudou, pode ter certeza".

Abro o gavetão da mesa de centro. "Lembra dessas fotos?". Ele expressa um sorriso largo. Desviamos o olhar daquela pintura de Brocos e repassamos algumas lembranças familiares. Seus dedos finos retiram da película de plástico a imagem de nós três descendo a serra nos anos 90. "Posso?", ele me pergunta com ar quase infantil. Confirmo com um balançar da cabeça.

"Eu queria te fazer um pedido, Macá", ele diz sem tirar os olhos da fotografia, mas não introduz o assunto. "Aliás, me desculpa por ontem. Eu tava abalado, não deveria ter dito aquilo, de tu precisar de um pai branco... Tu não precisa de mim pra nada". Não faço nenhuma menção de desculpá-lo ou de contestar seu pedido. Tenho a sensação de que ele dirá mais coisas e meu único ímpeto é o de sustentar o silêncio.

"Eu tô achando que vou morrer em breve, achando não, tenho certeza, não sei... Tô com esse sentimento. E quero que tu me leve pra praia, que nem a gente fazia na tua infância, lembra? Com o pagode chinelão da tua mãe e tudo mais". Sua figura agora me parece frágil, exalando uma necessidade gritante de cuidado.

“Praia, agora? Não é melhor eu te levar num hospital? A gente pode dar um jeito, te colocar no convênio nosso, algo assim”, retruco com uma tentativa de organização da vida alheia que daria orgulho à alemã que acabara de sair desse apartamento. “Eu não quero ir ao médico, Macá, quero morrer sem ter que passar por mais isso.”. Ele me responde com uma serenidade que me irrita.

“Você quer morrer?”. Quando percebo, já estou na sua frente, ele sentado, eu em pé, o encaro de cima para baixo. Ele levanta a mão e puxa meu braço com um toque leve para que eu me sente ao seu lado outra vez. “Eu tô morrendo, Macá. Pela vida que levei, já era pra ter morrido. Os médicos da rede pública até já se cansaram de mim. Quando tu vai pro médico por problema de álcool ou droga, nas primeiras vezes, tem um esforço genuíno da equipe do hospital, mas quando a coisa se repete, quando tu te torna o ‘Olha lá o seu Cláudio de novo’, tu vai percebendo o cansaço. Quando recebi a notícia da morte da tua mãe, fiquei indignado. Não fazia sentido. Só não fiz nada de ruim contra mim mesmo porque te encontrei de novo, vi minha netinha, alguma coisa reagiu dentro de mim, pra me dar um ou dois dias a mais, mas não vou ser o fardo da vida de ninguém. Só tenho esse último favor pra te pedir, que é me levar pra praia e nessa viagem quero conhecer um pouco minha neta".

Ele não parece esperar por resposta, come mais uma fatia de pizza e percebo que também não sei o que dizer. Me sento ao seu lado e apoio a caixa de papelão em minhas coxas. Penso em perguntar se ele quer tomar uma ducha, pegar roupas limpas minhas, algum camisetão, mas vejo que já não é mais o caso. Há um cansaço em sua expressão corporal. Sugiro que ele durma ali mesmo no sofá. Ele concorda sem dizer nada, apenas recostando a cabeça no acolchoado.

4.

Desejo-lhe boa noite, ele responde com um grunhido, não está mais em estado de vigília. Por trás do sofá, encaro sua imagem. Seu corpo parece pequeno, encolhido numa posição fetal e coberto por duas mantas com estampas infantis, tiradas da cama de Maria. Ele segura a foto entre as mãos e um ronco fino começa a sair por entre seus dentes.

Envio duas mensagens rápidas, uma para o coordenador do curso e outra para Alberto.

5.

Me fecho no banheiro e, no instante seguinte, ouço alguém abrindo a porta do nosso apartamento. A delicadeza do movimento me revela que Hannah voltou da rua. Tiro as roupas, abro o armário e penso em tomar o relaxante muscular, mas desisto. Tomo uma ducha rápida e, quando chego no quarto, ela está com metade do corpo apoiado na cabeceira da cama.

Sento-me ao seu lado, ela me faz carinhos na nuca, distraída, está organizando em sua cabeça o que quer falar. "Eu sou controladora mesmo... Desculpa, acho que é só insegurança", ela diz enquanto sua mão repousa entre minha coxa e minha virilha, "às vezes fico com a impressão de que você deveria ficar com o Alberto e com a criança, e que eu estou no lugar errado, entende?"

Cubro sua mão com a minha, nossos dedos se entrelaçam. "Nunca te levei ao litoral paulista, não é?", resolvo não responder ao seu comentário e percebo a reação inicial de surpresa pela pergunta inesperada se transformar numa compreensão plena do que está acontecendo.

"Não, Liebe, nunca levou", ela diz e ri. Hannah encosta sua cabeça em meu colo e sussurra algumas palavras em alemão que tenho dificuldade em compreender por completo, algo sobre o amor, o tempo e o espanto. Dormimos assim, apoiadas uma na outra.

VX

XV

1.

Alberto trouxe uma caixa térmica de cor amarela. Ele carrega nossa criança com um dos braços e com o outro sustenta a caixa, uma cadeira e um guarda-sol. Estamos num estacionamento de supermercado ao lado da estação Jabaquara, não há sinais de nuvem no céu, é uma segunda-feira ensolarada.

Maria balança os braços num ritmo agitado e inclina seu corpo assim que me vê. Hannah está arrumando o porta-malas quando chego acompanhada de meu pai. Ele estende a mão para Alberto e a aperta com uma força caricata. “Prazer, Cláudio, pai da Macária!” diz, mesmo que ambos já tivessem se visto no último sábado. Sua tentativa de interpretar a figura de “pai da namorada conhecendo o genro” me faz rir. Beto entra na cena proposta e assume um aspecto de seriedade também caricatural: “Satisfação, senhor, satisfação!” e responde o cumprimento com igual firmeza.

Pego minha filha, balanço-a por alguns segundos e depois entrego-a ao seu avô. Ele a segura com esmero, parece fascinado pela existência daquele bebê em seu colo. O contraste entre sua cor branca e envelhecida e a pureza infantil e extremamente preta de Maria formam uma imagem que considero bonita. Observo-os brincando, vendo aquele senhor adoentado retirar lampejos de vivacidade para balançar para lá e para cá a sua neta.

Hannah nos interpela perguntando se estamos prontos para a viagem. Ela diz que é melhor irmos logo, para evitar a piora do trânsito. Alberto e Cláudio concordam em uníssono e eu reforço minha impressão de que aquela súbita união masculina é mesmo uma coisa muito estranha. Puxo Hannah para perto de mim. “Vamos, mas quero que você vá ao meu lado, o Beto vai com a Maria e o Cláudio atrás. Eu dirijo”. Viro-me e caminho com ela envolta em meus braços até a vaga de estacionamento onde está nosso veículo.

Quando chegamos para arrumar as últimas coisas antes de entrar, ouço um sussurro jocoso às minhas costas: “Olha, Mariazinha, ali, uma palmiteiraaaaaaa”, com a vogal final alongada, seguida de um riso solto de Alberto. Maria faz cara de quem gostou do que ouviu, expressa um riso fino e balança seus bracinhos num movimento elíptico. Hannah gargalha, pega o braço de Alberto e puxa-o para perto de nós duas. Perco-me entre fingir que não acho graça da provocação infantil de Alberto e o encanto que aquela reação de pura alegria de minha filha me impinge. Seguro suas bochechas carnudas com a ponta dos meus dedos. Hannah e Alberto me abraçam.

2.

O trânsito da Serra do Mar é intenso, descemos pela rodovia dos Imigrantes. Hannah, sentada ao meu lado, ajusta o som do automóvel para um volume mais baixo. Ela me olha e aponta de soslaio a cena do banco traseiro. Alberto, Maria e Cláudio dormem. No alto-falante, um conjunto de vozes negras canta “Vem pra me amar, vem, vem, eu vou lhe dar amor” e eu me perco em sua melodia.

Penso que quero viver muito. Subverter o destino de minha família, usar de minhas forças para me tornar uma anciã negra, uma raridade estatística corporificada num corpo negro e feminino. Imagino uma fotografia familiar em alguma casa de campo: Hannah no canto, distraída e circunspecta, Alberto no meio, curvado e abraçando uma moça alta, nossa Maria, e eu, do lado direito deles, erguendo minhas mãos aos céus e agradecendo algo que provavelmente não saberei nomear: uma divindade, uma sorte, a inversão de uma maldição bíblica.

A música do alto-falante já não é mais um pagode meloso e sim um partido alto animado, de nome "Axé a Sua fé". Minha filha não terá nem pai nem mãe, porque essas palavras não farão sentido. Trocarei a falta por uma fartura inventada, frouxa, mas real e intensa, quero que ela cresça cercada de gente.

3.

"Meu pai". Experimento estas palavras no topo de minha cabeça: "meu pai". Elas ainda parecem artificiais, mas já deixaram de ter o gosto azedo da adolescência, uma adolescência que não sei precisar quanto tempo durou.

Dizer que o perdoei seria condescendência e puritanismo. A impressão que tenho é a de que deixei-o entrar em minha vida e se encaixar onde pudesse, como ele está espremido agora, no canto da imagem de meu retrovisor. Espremido, mal-encaixado, incômodo, mas uma presença.

Alberto dorme um sono profundo. Maria começa a abrir seus olhos e agora está se balançando na sua cadeirinha posicionada no centro do banco. No canto direito, apoiado com a cabeça na janela, meu pai ainda dorme.

Não consigo ouvir sua respiração, ele pouco se mexe, por um momento até imagino a possibilidade de que ele tenha morrido — e não me importo, ao menos por alguns minutos, até que realmente mergulho no "morto". A palavra afunda em minha cabeça como rocha marítima: "morto". Enquanto penso como seria se nunca mais meu pai se levantasse, penso também em minha mãe.

Quando retorno o olhar para o retrovisor, minha filha avança seu corpo na direção de seu avô. Ela o puxa uma vez pela camisa e ele não responde, puxa outra vez, e nada. Puxa uma terceira vez e faz um grunhido frustrado, de quem quer companhia e não consegue.

Maria, então, usa toda sua força para balançar mais uma vez os ombros daquele homem prostrado ao seu lado. Fixo meus olhos para perceber se haverá alguma reação e a imagem que vejo refletida no espelho central me causa uma estranha sensação de paz. De maneira quase involuntária um sorriso leve se desenha em meus lábios.

O trânsito à minha frente começa a se desvencilhar. Coloco um pouco mais de pressão no acelerador, aumento o volume da música, ando em frente.

AGRADECIMENTOS

Agradeço a Fernando Baldraia, Paulo Scott e Mariana Toledo Borges pelas leituras e comentários sinceros sobre este livro. Agradeço, também, Eduardo Lacerda, pela confiança incondicional na possibilidade de eu ser um escritor. Agradeço à Gabriela Bianchini pelo amor deste mundo.

SOBRE O AUTOR

Fotografia: Luiza Sigulem

Evandro Cruz Silva é sociólogo e escritor. Foi um dos vencedores do *Prêmio Nacional de Ensaísmo,* da revista Serrote, em 2020, e selecionado para o *Forbes Under 30,* em 2021, na categoria Artes Plásticas e Literatura. É autor do livro de contos "Praia artificial" (Patuá, 2021) e do folhetim "A dor nas costas" (Sesc, 2023). "O embranquecimento" é sua novela de estreia.

Escrevi este livro para tentar encontrar a história de alguém que vive uma certa solidão e que não sabe muito bem como não vivê-la. Escolhi que esse alguém fosse uma mulher porque me interesso pela solidão feminina e porque não sei se consigo escrever sobre a minha.

Este livro foi composto na tipologia Garamond 11/14
impresso em Papel Pólen 90g/m2 em março de 2024
para a editora Patuá.